쌍성의 천검사

HEAVENLY SWORD OF TWIN STARS

내가 당신들의 군사(軍師)가 되겠어.

이제 와서 「싫다」라고 하진 않겠지?

가련한 신산(神算)의 군사

유리

선낭(仙娘)을 자칭하는 소녀.
명령과 아는 사이이며, 전설의 【천검】을 찾아냈다.
빼어난 「관찰안」과 「군략」을 가지고 있지만,
전쟁 자체는 싫어한다.

나는 틀림없이, 진짜 선낭이야.
가슴도 이제부터!

척영의 꿈이 덧없는 것
하루이틀 일이 아니에.

백성(白星)을 계승한 자
장백령(張白玲)

변경을 지키는 명문의 영애이며
어린 시절부터 문무에 고루 재능을 드
용모가 단정하며, 성격도 성실하고 ㅈ
평소에는 강직하지만,
척영에게만 떼를 쓰며 어리광을 부린

흐~응. 헤에~. 그런가요~.
덧없는 꿈이네요~.
척영 님의 『지방 문관이 된다!』 만큼이나~

기린아
왕명령(王明鈴)

신진기예의 거상 왕씨 가문의 딸.
몸은 일부분을 제외하고 조그맣지만,
상인으로서 확실한 재능과 후각을 가졌다.
첫 만남에서 척영이 그녀의 목숨을 구했으며,
그의 내면에 숨어 있는 예리함을 높게 평가하고 있다.

척영은…… 내가 없으면 무리하고 무모한 짓만 하거든요.
어차피, 이번에도, 『백령과 병사들은 무슨 일이 있어도 구한다』
같은 생각을 하고 있는 게 틀림없어요.
난처한 사람이에요."

척영(隻影)
환생한 불패의 영웅

구국의 명장이 거두어
영애인 백령과 함께 키운 청년.
전생의 경험과 무예의 훈련으로
빼어난 무력을 가졌지만,
본인은 전장에서 떨어져 일하는
지방 문관을 지망한다.

『낭살의 계』

이것이 바로 유리의 『책략』.
후방에는 불. 좌우에는 2중 복병──.
그리고, 전방에는 우리가 버티며
단독으로 고립된 적장을 노리는 사방포위.
『화약』과 『화창』이라는
천 년 전에는 없었던 물건을 더한……

장태람의 딸과 아들도 나타날지 모른다
그 경우, 놈들의 역량을 가늠하고, 쳐리
범의 자식은 어릴 때 죽이는 게 좋아.

CONTENTS

Heavenly sword
Of twin stars

백귀
아다이 다다

척영의 나라인 영 나라와 전쟁 중인 적국,
현 나라의 황제.
외모는 소녀 같지만,
전술 전략에 무시무시한 재능을 가졌다.
7년 전, 전장에서 제위를 이어 아직까지 불패.
전생에서는 영봉과 함께
천하통일을 눈앞에 두고 있었다.

등장인물

쌍성의 천검사

HEAVENLY SWORD OF
TWIN STARS

서장

"식량과 자재 반입 준비는 어떻게 됐나?! 오후에는 경양으로 가는 배가 출발해 버린다?!"

"일손이 빈 인부와 짐마차는 일단 항구로 가라!"

"【장호국】 님이 이기는 거야 매번 있는 일이지만, 이번에는 참 큰 장사를 하는구만~."

"명령 아가씨는 어디 계시지? 지시를 받아야 하는데……."

영 제국 수도 『임경』.

그곳의 일등지에 자리를 잡은, 왕씨 가문 저택이 소란에 휩싸여 있었습니다.

자칭 선낭님을 배웅하고 돌아온 저── 왕명령 님의 종자인 시즈카를 눈치 못 챈 가인들은 복도를 달리고, 짐을 항구로 옮기며 힘찬 기합을 지르고 있었습니다.

제국 북부의 중심도시 『경양』이 대하 이북을 점령하고 있는 【현】 대군의 공격을 받았지만, 격전 끝에 방어하는데 성공한 뒤 1개월이 지났습니다.

그 땅을 지키고 있었던 것은 이 나라 최대의 영웅인 【호국】 장태람──이 아니라, 부재를 맡고 있던 명령 아가씨가 사모하는 인물이며, 저와 같은 검은 머리의 척영 님.

처음 만났을 때부터 보통이 아니라고 생각은 했습니다만……

설마 적의 맹장『적랑』을 치고, 장 장군이 귀환할 때까지 경양을 지켜내다니!

마치 그림책에 등장하는 영걸과도 같은 활약이라 할 수 있겠습니다.

다만 도시 자체는『투석기』라는 병기로 커다란 피해를 받았다 들었습니다.

그에 더해서, 영 제국과 오랜 세월 우방이었던 북서의 교역 국가【서동】의 이반.

지금은 양국에 커다란 움직임이 없습니다만, 대하 이북과 서방에 전선을 품게 된 경양의 방어 강화는 필연입니다.

그렇기에, 왕씨 가문을 비롯하여 임경의 상가는 활기를 보이고 있는 것입니다만…….

"척영 님과 백령 아가씨로서는, 한고비 너머 또 한고비, 겠군요."

인연이 닿아 알게 된 흑발홍안의 청년과 은발창안의 미소녀를 떠올리고, 내 입에서 독백이 흘렀습니다. 적의 맹장을 물리쳤다고 해도 앞으로의 전쟁은 더욱 한층 격렬해질 겁니다.

경양에 있는 장씨 가문의 두 분을 떠올리면서, 아가씨의 방으로 걸음을 나아가고 있는데,

"시, 시즈카 님!"

짧은 다갈색 머리칼의 견습 시녀가 달려왔습니다. 꽤 당황한 기색이군요.

저는 소녀의 머리칼을 손으로 매만져 고쳐주고, 오는 길에 사온 참깨경단이 든 종이봉투를 건넸습니다.

"머리가 흐트러졌습니다. 진정해요. 명령 아가씨는 옷을 다 갈 아입으셨나요?"

"가, 감사합니다. 옷은 그것이……."

부끄러운 기색으로 고개를 숙인 소녀는 종이봉투를 받으면서 말을 머뭇거렸습니다. 실패한 모양이군요.

평소 명령 아가씨는 대단히 쾌활하고 가인들에게도 배려를 잊지 않는 분입니다만, 요즘 들어 자기 방에 틀어박히는 일이 많습니다. 저는 이마에 손을 올렸습니다.

"하아…… 어쩔 수 없는 아가씨군요. 뒷일은 맡겨주세요."

"가, 감사합니다!"

견습 시녀 소녀와 헤어져 복도를 나아가, 저택 안으로.

대륙 각지를 누비고 다니시는 주인어른과 사모님이 모아오신 희귀한 물건들을 바라보면서, 명령 아가씨의 방으로 향했습니다.

둥근 창에서 보이는 하늘에는 구름 한 조각 없습니다. 좋은 날씨군요.

나중에, 아가씨와 산책을 나서는 것도 좋을 것 같아요.

정교한 조각이 되어 있는 입구의 문을 살짝 열고, 방 안을 들여다보았습니다.

그러자, 침대 위에서 잠꼬대가 들렸습니다.

"우~…… 우~…… 척영 니임…… 명령이 간병할게요……."

……제가 없는 틈을 타서 다시 잠들었다니.

주인어른과 사모님이 부재중인 동안, 이 가문을 지휘하는 분이라고 도저히 생각할 수가 없어요.

경양 공방전이 끝난 직후, 장씨 가문의 영애인 백령님의 편지가 도착하여,

『척영은 전장에서 왼팔에 부상을 입었습니다만, 무사합니다. 간병은 제가.』

라고 한 것을 대단히 신경 쓰고 계시는 거군요.

저는 한숨을 쉬고, 긴 탁자 옆을 지나쳤습니다.

탁상에는 요전에 선낭님의 연줄로 【서동】의 망명자가 가져온, **기묘한 기병용 병기**가 들어 있는 길쭉한 나무 상자가 놓여 있었습니다.

침대로 다가가서——.

"명령 아가씨, 벌써 낮입니다! 자, 일어나세요."

"! 꺄응!"

상질의 비단 이불을 억지로 벗겨냈습니다.

옅은 주황색의 잠옷 차림에, 묶지도 않은 긴 밤색 머리칼은 삐쳐 있었습니다.

커다란 눈동자를 깜박이고 있는 자그마한 명령 아가씨는 볼을 부풀리고, 상반신을 일으키더니 양손을 붕붕 휘두르셨습니다.

"자, 잠깐, 시즈카! 방에 들어올 거면 한 마디 해줘!! 지금 나는 사랑스럽고 사랑스러운 미래의 서방님이 있는 경양으로 가고 싶은데 가지 못하는 상황에 마음이 상했어!! 게다가, 그 얄밉고 가슴도 작은 장백령한테서만 편지가—— 푸압."

저는 가까운 의자에 놔둔 옷을 집어서, 아가씨의 얼굴에 들이

밀었습니다.

그리고 왼손의 검지를 세워 잔소리를 합니다.

"우선 옷을 갈아입으세요! 오후부터 서류 작업을 안 하면, 다들 난처해집니다."

"……네~에."

투덜거리는 기색으로 대답을 하고, 명령 아가씨가 옷을 갈아입었습니다.

……어째선가 가슴만 커요. 이것이 영 제국에 전해지는 선술(仙術) 내지는 방술(方術) 인 걸까요?

섬기면서 품게 된 의문을 오늘도 느끼면서, 저는 차의 준비를 시작했습니다.

『기상하여, 몸가짐을 갖춘 뒤에 차 한 잔.』

사모님께서 가르쳐 주신 왕씨 가문의 전통입니다.

혼자서 척척 옷을 갈아입고, 방의 구석에 준비된 냉수로 얼굴과 이를 씻어낸 명령 아가씨가 의자에 앉으셨습니다.

어린 시절부터 곁에서 섬겨온 저로서는, 아가씨의 성장을 보면 기뻐져서 어리광을 받아주고 싶어집니다. 금방 우쭐거리기 때문에 절대 드러내지 않습니다만.

저는 평정을 꾸미고, 차를 정성스레 따랐습니다── 희미한 과실의 향.

"오늘 찻잎은 남역산이옵니다. 드세요."

"…………우~."

토라진 명령 아가씨의 뒤로 돌아가, 머리칼을 빗으로 빗어 정돈합니다.

차를 한 모금 마신 아가씨가 솔직한 감상을 흘렸습니다.

"아, 맛있어. 하지만, 이 맛이라면 척영 님에게는 들켜 버릴까……? 우~응."

방금 전까지 틀어졌던 기분이 감쪽같이 사라집니다. 정말로 사랑스러워요.

저는 웃으면서 사모하는 분과 만날 생각에 빠지는 아가씨의 머리칼을 묶어주고, 둥근 탁상에 항구에서 받은 서간을 두었습니다.

명령 아가씨가 돌아보며, 커다란 눈동자를 깜박입니다.

"? 이건??"

"경양에서 왔습니다. 항구에 들른 참이라 확인하니 도착해 있었습니다."

"! 혹시, 척영 님이?!"

활짝. 표정이 밝아진 것을 보고 저는 점점 웃음이 짙어졌습니다.

역시, 명령 아가씨는 웃는 표정이 참 잘 어울립니다. 척영 님에게는 아무리 감사를 해도 모자라요.

서둘러서 서간을 읽기 시작한 명령 아가씨 옆에 앉아, 저는 자신의 찻잔에 차를 따랐습니다.

천천히 그것을 맛보는 가운데, 아가씨가 「……에헤헤」, 「칫! 역시, 백령 씨는 적입니다……」, 「고양이?」하고 중얼거립니다. 보기만 해도 흐뭇해져요.

제가 생글생글 웃고 있는데, 명령 아가씨의 눈썹이 치켜 올라갑니다.

"…………우~."

"명령 아가씨? 척영 님께 무슨 일이 있나요??"

빈 찻잔에 차를 다시 따르는데, 서간을 차분하게 내밀었습니다.

"제가 읽어도 되나요?"

"……응. 시즈카라면 괜찮아~."

"감사합니다. 그러면."

저는 『당연하잖아?』라는 아가씨의 대답을 듣고서 표정을 풀고, 읽기 시작했습니다.

*

『왕씨 가문의 기린아 명령 공

오랜만에 편지가 되어 참으로 미안합니다.

전장에서 부상을 입어, 붓을 들 수가 없었습니다.

부디, 무례를 용서하시고——

주변 사람들이 하도 잔소리를 하니까 정중하게 써봤는데, 낯 간지럽군.

여기서부터는 평소처럼 쓴다.

일단 의부님을 경양으로 보내준 것에 대한 인사가 늦어 미안.

왼팔에 부상을 입었어도 편지 한두 통은 문제없이 쓸 수 있는데…… 무시무시한 장백령 님이 온종일 감시를 하고 있어서 무리였다. 용서해라.

너도 아는 것처럼, 나는 지방 문관이 된다는 꿈이 있다. 목숨이 아까워.

지금도 고양이랑 같이 창고에 숨어서 이걸 쓰고 있을 정도다.

그 녀석, 내가 부상을 입은 뒤부터 이상하게 과보호라서······ 괜찮다고 하는데 듣지를 않아.

어쨌든!

네가 배를 보내준 덕분에 경양은 함락을 면했다. 진심으로 감사한다.

아버지의 언질도 받았으니, 언젠가 반드시 보답할 셈이야.

부상은 이제 괜찮다. 걱정하지 마라.

무릎 위의 고양이가 백령의 밀정이 아닌가 의심하는 척영으로부터.

추신.

【천검】은 분명히 받았다. 네 덕분이야.

──그러나!

이게 진짜인지 아닌지는 아무도 모르고, 내 손에는 【흑성】밖에 없다.

【백성】은 백령의 무기가 되어 버렸거든.

그러면? 한 쌍이 모여야 【천검】이잖아?

대개의 일에는 협력할 거고, 돕기도 할게. 그러나, 장가를 든다는 건 너도 좀 더 생각을······.

아차! 백령에게 들켰다!!

자세한 건 또 편지를 쓸게! 또 보자!!』

*

"흐흠……. 그렇군요. 척영 님은 역시 무사하신 거군요."

다 읽은 저는 정성스레 서간을 접어, 아가씨께 돌려 드렸습니다.

【천검】──지금으로부터 천 년 전, 사상 처음으로 대륙통일을 이룬 황 제국의 대장군 황영봉이 휘두르고, 대승상 왕영풍이 이어받았다는 전설의 쌍검입니다.

명령 아가씨는 척영 님이 제안한 무리난제──.

『【천검】을 손에 넣으면 장가드는 걸 생각해 본다.』

──를 실현하고자 온갖 고문서를 찾아보고, 아까 전에 제가 배웅한 선낭님에게도 부탁하여, 서방의 낡은 영묘에서 훌륭하게 발견해내셨습니다. 이 나라에서는 손에 넣으면 『천하를 제패할 수 있다』, 『천하무쌍의 무를 얻는다』 등으로 전해지고 있는 모양입니다.

……어째서 각각의 검명을 아는 것인지? 게다가 칼집에서 뽑았단 것일까요? 백령 아가씨도??

그 쌍검의 이름은 불명이었고, 저를 포함하여 아무도 뽑지 못했습니다만.

"응! 정말로 다행이야. 백령 씨에게 편지를 받아도 불안했으니까──가 아니라아아아아아!"

명령 아가씨가 힘차게 자리에서 일어서자, 탁상의 찻잔이 흔들렸습니다. 심각하게 말씀하십니다.

"······치사해."

"······네?"

제가 서간이 젖지 않도록 들어 올리고, 고개를 갸웃거렸습니다.

말을 기다리는데 명령 아가씨가 확! 고개를 들고, 탁자를 두드리며 포효하셨습니다.

"나도⋯⋯ 나도! 간병이란 핑계로 척영 님을 독점하고 싶어어어어어~!!"

"⋯⋯⋯⋯⋯네에."

척영 님도 적으셨습니다만 명령 아가씨는──『기린아』입니다.

그 명성은 언젠가 임경뿐 아니라, 영 제국 전토에 울려 퍼질 것이 틀림없습니다.

그러나, 사랑은 맹목. 척영 님 일만 되면 그 총명한 눈도 흐려지는지라⋯⋯.

저의 미지근한 시선에도 굴하지 않고, 아가씨는 버둥버둥거리며 외치셨습니다.

"⋯⋯알 수 있어. 나는 알 수 있어. 그 표면은 의젓해 보이지만, 척영 님 일만 되면 허당인 장씨 가문의 아가씨는 이걸 기회로 찰싹 달라붙어 있었을 거야! 비겁해! 불공평해!! 나도『척영 님은 부상을 입으셨답니다?』라는 말로 전부 덮어 버리고, 일을 돕거나, 식사를 먹여주거나, 곁잠을 자고 싶었어!!!!!"

"……설마, 그럴 리는."

"있는걸! 왜냐면, 내가 그 입장이라면 반드시 그럴 거니까!!"

제가 본 바로는 백령 아가씨는 절도를 아는 분. 염려 없을 거라고 생각합니다만…….

팔짱을 끼고 아가씨가 날뛰십니다.

"【쌍성의 천검】도, 일부러 루리에게 고개를 숙여서 열심히 찾아냈는데……. 척영 님 바보! 좀생이!! 나를 잡스럽게 다루다니 이이이!!!"

"잡스럽게 다루는 건 아니라고 생각하는데요?"

저는 쓴웃음을 짓고, 자그마한 아가씨를 끌어안았습니다.

"척영 님은 대단히 솔직한 분입니다. 그렇기에, 백령 아가씨의 눈을 피해 숨어서까지 친필 편지를 쓰는 것을 고집하지 않았을까요? ──편지, 기쁘지 않으셨나요?"

"그거야 그게…… 기뻤지만…………."

명령 아가씨는 볼을 살짝 물들이고, 작게 말을 흘렸습니다.

일을 하실 때는 어른스럽지만, 이럴 때는 옛날과 다를 바가 없어요.

저는 윤기가 흐르는 밤색 머리칼을 쓰다듬으며, 달랬습니다.

"백령 님에게 맡긴 【천검】에 대한 것은, 척영 님의 말에도 일리가 있습니다. 그 쌍검이 진짜인지 알 수 있는 것은, 그야말로 전설의 【쌍영】 황영봉이나 왕영풍……."

"시즈카? 왜 그래??"

손을 멈춘 저를, 품 안의 아가씨가 의문스럽게 바라보았습니다.

생각하고 있던 내용을 말로 꺼냈습니다.

"아뇨, 선낭(仙娘)님이라면 혹여? 싶어서요."

"앗! 그랬었지. 루리야! 걔라면 분명 증명해줄 거야!!!"

명령 아가씨가 작은 손을 움켜쥐고, 눈빛을 반짝였습니다.

저는 이국의 백성이 많은 임경에서도 보기 드문 색의 머리칼과 눈을 가진 소녀와, 항구에서 이야기한 내용을 떠올리고 고개를 저었습니다.

"유감이지만…… 루리 님은 오늘 아침에 임경을 떠나셨습니다. 『직접 장씨 가문의 모습을 보고 올게』라고 하면서요. 궁중에서 수상한 이야기도 돌고 있는 것 같으니, 재빨리 배를 확보한 것은 정답이었어요."

"……헤우?"

아가씨가 움직임을 멈추고, 커다란 눈을 동그랗게 떴습니다.

저는 이다음 일을 예상하고, 귀를 막았습니다.

숨을 크게 들이쉬고,

"척영 님이랑 백령 씨랑, 루리는 바보야아아아아아아아아아!!!!!!!!!!"

저택 안에 명령 아가씨의 혼이 담긴 외침이 울리고, 정원의 작은 새들이 일제히 날아올랐습니다.

*

"의논의 여지가 없소! 우리 나라와 오랜 우의를 깬【서동】을 쳐야 마땅합니다!! 지금이라면, 북방의 마인(馬人) 놈들도 경양의 패배로 의기소침할 것이오."

제관이 모인 궁중의 묘당(廟堂)에 살찐 남자── 영 제국 부재상, 임충도(林忠道)의 커다란 소리가 울려 퍼졌다.

머리칼은 없고, 사지는 통나무처럼 두껍다. 연령은 예순이 코 앞이라 들었지만 젊게 보인다.

그러나, 그 눈동자는 권세욕으로 탁하고, 사려는 전혀 없으며 복장도 과도하게 화려하다.

황제 가문의 먼 친척으로 다소 내정에 공적이 있다고 하나, 천하의 정무를 맡길 수 있는 남자가 아니다.

아마도 이번 일을 이용해, 나 양문상(楊文祥)이 가진 재상의 지위를 노리는 것이리라.

……언제나 여우 가면을 쓰고 있다는 심복인 사내가 지혜를 부린 것일까?

힐끔, 천단(天壇)을 확인했다.

옥좌에 앉아 있는『용』이 그려진 밝은 황색의 옷을 입으신 젊은 남성── 황제 폐하는 난처한 표정으로, 우리들의 의논을 지켜보고 계신다.

총명하신 황후 폐하께서 몇 년 전에 돌아가신 뒤, 폐하는 충도의 딸을 애첩으로 삼으셨다.

……그때 반대를 했어야 하거늘. 나의 실수다.

나는 회한을 느끼면서도 흰 수염을 매만지고, 조용히 정적을 타일렀다.

"……충도 공, 진정하시게. 귀공의 마음은 이해하네만, 서동을 침공한다 함은, 나라로서도 커다란 일. 전선의 장 장군에게도 의견을 들어야 할 것이야."

"흥. 농민의 자식과 나눌 이야기 따위…… 놈은 폐하의 명을 어기고 수도를 벗어난 불충한 자! 침공할 때는 그저 자기 자리를 지키고 있으면 될 것입니다."

출신이 농민이었다는 장태람은, 폐하의 소환을 받아 요전까지 임경에 머무르고 있었다만……『현 나라 군, 대하 및 경양을 침공했노라!』는 소식을 듣자마자 북으로 돌아가 적군을 일축했다. 임경의 민초뿐 아니라, 궁중에서 일하는 우리들이 축배를 든 것은 말할 것도 없으리라.

부재상파는 그런 장태람까지도 모멸하는가!

목소리가 낮아지는 것을 참지 못하고, 담담하게 사실을 논했다.

"……귀공이 말하는『농민의 자식』이 활약하여 경양 실락을 간신히 면하고, 놈들이『사랑』이라며 자랑하는 맹장 한 명을 칠 수도 있었을진대?"

"재상 각하는 무르십니다! 전선에서 무슨 일만 있으면『장가군』,『장가군』……. 그러시니 놈들이 기어오르는 것입니다!!"

"허면, 어찌하라는 것이오?"

50여 년 전, 대하 이북을 잃기 전부터 우리 군은 약병으로 알려져 있었다.

북방에서 남진을 노리는【현】의 대군을 막아내고 있는 것은【장호국】이 이끄는 정예다.

임충도가 살찐 몸을 움직여 황제 폐하를 돌아보았다.

"폐하! 장태람이 오래도록 잘해준 것은 신도 인정하는 바가 있사옵니다. 동시에, 그 장수는 실현 불가능한『북벌』을 소리 높여 주장하기를 멈추지 않는 사내이기도 하옵니다. 이것은 자신이 공적을 얻으려는 사욕에 따른 것이라, 신은 다소 의문을 품지 않을 수 없사옵니다."

"되지도 않는 소리일세. 그런 일이 있을 리 없지 않나!"

무심코 격해져, 나는 자리에서 일어섰다.

장태람의 충의를 의심하다니. 그렇게 된다면 이 나라의 장수 중에 누구를 믿어야 한단 말인가?

그러나, 묘당의 관리들은 다들 눈길을 내리거나 시선을 돌렸다.

무사안일주의가 때로는 악이라는 것조차 모르다니……. 부재상이 몸을 흔들며 말을 이었다.

"부디 신에게『적국(賊國)【서동】을 토벌하라』하명을 주시옵소서! 신이 손에 넣은 정보에 따르면, 그 나라에 북방의 마인 놈들은 주둔하지 않았사옵니다. 지금 행동하지 않으면…… 경양도 버티지 못하옵니다! 신은 노구를 채찍질하여 전장에 나서, 적국을 치고, 폐하의 신금(宸襟)을 평안케 하고자 하오니!! 우리에겐 정강하기 이를 데 없는 금군이 있사옵니다! 이에 서방과 남방의 병을 동원하면, 군사의 수는 15만을 헤아릴 것입니다. 그 군을 동원하여——."

충도가 한순간 나를 돌아보았다.

그 얼굴에 있는 것은 오만과 조소.

"서동 남방『안암』에서 기습 침공을 하겠사옵니다!"

금군── 황제 폐하 직할의 중앙군과, 지난 몇 년은 평온을 구가했다지만, 정강하다는 서방과 남방에서 병사를 뽑아내, 경양도 병참 거점으로 삼지 않고 침공을 한다고?!

분명히 그리하면 군사의 수는, 우리가 현과 서동의 군을 넘어설 것이다. 기습 효과도 바랄 수 있을지 모른다.

그러나, 대운하를 쓰지 않는다면 병참에 불안이 남는다. 말은 배만큼 짐을 나를 수 없음이니.

동시에,『기습』이라는 말이 듣기 좋다.

이렇게 논하는 방식은, 부재상 자신의 생각이 아니군.

아무리 그래도 이러한 안을, 통과시킬 수는──.

"문상."

"⋯⋯예."

황제 폐하께서 짧게 내 이름을 부르셨다. 곧장 돌아보고 고개를 숙였다.

묵직한 침묵 가운데, 천단에서 내려오시고── 내 어깨에 손의 무게.

"태람이 사욕에 빠져 있다고 생각하지는 않는다만, 충도의 말에도 수긍할 바가 있다. 【서동】은 이제 적국. 대하를 건너『북벌』하는 것보다는 쉬운 일일 것이야. 칠 수 있을 때 쳐야 하지 않겠는가? 병참 유지를 부디 부탁한다."

"⋯⋯⋯⋯예. 힘을 다하겠사옵니다."

지금까지 우리나라는 대하를 천연의 요새로 삼아 현의 침공을 막아내고 있었다.

그러나, 경양 북서에 위치한 서동이 적이 된다면…… 아무리 장태람이라 해도 고전을 면할 수 없다. 가능한지 아닌지는 제쳐두고, 부재상의 말에도 일리는 분명히 있었다.

황제 폐하께서 내 어깨에서 손을 내리고, 엄숙하게 명하셨다.

"임충도! 군을 이끌고【서동】을 토벌하거라!! ——부디 방심하지 말거라. 병사뿐 아니라, 만족과 싸우는데 익숙한 남군과 서군의 장수도 함께 가도록 해라."

"! 폐, 폐하, 마음을 써주시는 것은 감사하옵니다만."

"허면, 남군의【봉익(鳳翼)】서수봉(徐秀鳳)과 서군의【호아(虎牙)】우상호(宇常虎)를 추천하옵니다."

내가 다급한 기색의 부재상의 말을 가로막고, 상소했다.

이를 가는 소리가 들렸지만 무시하고, 힘차게 두 손을 모았다.

"두 장수가 세상에 나온 지도 이십 수년. 아직 전장에서 패했다는 이야기를 듣지 못했사옵니다. 장태람과 함께【삼장(三將)】으로 꼽히는 두 장수가 진중에 있다면, 장병의 사기도 절로 고양될 것이옵니다. 또한—— 장가군에서도 한 부대를 더함이 어떠할까요? 이 정도의 대전이니. 장태람의 면목을 세워주는 것이 천하의 도량일 것이라 감히 아뢰옵니다."

제1장

"오오~. 며칠 만에 제법, 복구 작업이 진행됐는걸!"

영 제국 북부, 호주의 중심도시 『경양』의 동부지구.

수복이 진행된 건물에서 규칙적으로 울리는 나무망치 소리를 들으면서, 나── 경양을 수호하는 장씨 가문이 거두어 키운 아이인 척영은 감탄을 흘렸다.

1개월 전, 대하 이북에 자리한【현】의 침공을 받아 경양은 커다란 피해를 받았지만, 커다란 구멍이 뚫린 지붕이나 벽은 수복되고, 불타버린 기둥도 거의 정리가 되었다.

"그렇네요. 계획보다 순조로워요."

내 옆에서 눈을 가늘게 뜨고 있던, 붉은색 끈으로 묶은 길고 아름다운 은발과 보석 같은 창안이 인상적인 미소녀── 장씨 가문의 장녀인 백령이 고개를 끄덕였다.

언뜻 냉랭한 어조 같지만 눈동자는 상냥하다.

우리는 매일 같이 둘이서 각 지구의 모습을 보러 다니고 있으니 기쁨도 한층 크다.

평소처럼 하얀색 기조의 옷을 입고 있는 소꿉친구 소녀에게 씨익 웃었다.

"의부님이 부흥의 진두지휘를 한 성과로군."

백령의 아버지이며, 현 나라의 침공에서 영 제국의 북방을 오랜 세월에 거쳐 지켜온 【호국】 장태람은 명장이지만, 내정도 꽤 특기다. 다음에 요령을 좀 배워야지.

내가 팔짱을 끼고 홀로 납득하고 있는데, 백령이 게슴츠레한 시선을 보냈다.

"……이상한 표정이네요. 어차피『지방 문관이 되기 위해서』운 운하는, 헛소리를 생각하고 있었던 거겠지만, 이룰 수 없는 꿈이에요. 얼른 포기하세요."

"뭐?! 너, 너어…… 마, 말을 해도 되는 거랑 안 되는 게 세상에는 있거든!"

참지 못하고 불만을 표했다. 전장에서 용맹함을 보이는 무관이 아니라, 평범한 서류 작업을 매일 소화하는, 별달리 바쁘지도 않은 평화로운 지방 문관이 되는 것이 나의 꿈이다.

그렇지만…… 거두어진 이후로, 10년 이상 함께 지내온 장백령에겐 통하지 않는다.

방화용 물동이에 비친 검은색 기조의 옷을 입은 내 모습을, 가느다란 손가락으로 톡 치고는 새침한 표정.

"오늘 아침의 서류 작업도 내가 더 빨리 끝났어요."

"그, 그건, 네가 나한테『다친 왼팔은 되도록 쓰지 마세요』라고 했으니까 그렇잖아?! 안 그러면──."

"어머? 천하의『적랑』을 토벌한 장씨 가문의 척영 님씩이나 되는 분이 변명을 하나요?"

백령은 괜히, 가느다란 손가락을 자기 턱에 대고 고개를 갸웃거렸다. 허리에 차고 있는 순백의 칼집에 들어 있는 【천검】이라고 불리는 쌍검 중 하나인【백성】이 흔들렸다.

이, 이 녀석…… 나를 놀릴 때만 나이에 걸맞은 귀여운 표정을 짓다니!

입술을 꾹 다물면서, 돌이켜 보았다.

──인적미답의 대삼림과 칠곡산맥을 일군과 함께 답파한 자.

교역국가【서동】을 함락하고, 경양을 덮친 현 제국의 맹장『적랑』구엔 규이는 강했다.

천 년 전, 사상 처음으로 대륙통일을 이룩한 황 제국에서【천검】을 휘두르며, 생애 불패를 자랑한 대장군『황영봉』의 기억을 어렴풋이 가진 내가 한 번은 패배 직전에 몰렸을 정도로.

이긴 것은, 끈기 있게 계속 싸워준 장병과 주민들의 헌신.

임경에서 최정예 부대와 함께 전장에 달려와 준 의부님의 과감한 결단.

무엇보다── 나는 쑥스러움을 숨기고자,【백성】과 짝을 이루는【흑성】이 들어 있는 칠흑의 칼집을 만졌다.

"구엔을 이긴 건 나 혼자의 힘이 아냐. 의부님도── 너도 달려와 줬잖아?"

"윽! ……당연하죠. 당신은 제가 없으면 안 되니까요."

백령이 숨을 삼키고 누구보다도 예쁜 눈동자를 크게 부릅떴지만, 금방 평정을 되찾고 햇빛에 반짝이는 은발을 손으로 떨쳤다.

어깨를 축 늘어뜨리고, 나는 개탄했다.

"너무하네. 하아…… 옛날의 귀여웠던 장백령은 어디에 있는고?"

"내가 할 말이에요. 얼른 옛날의 솔직하고 귀여웠던 척영을 돌려주세요."

""윽!!""

우리가 평소처럼 서로 노려보고 있는데, 지붕에 올라 건물 수복을 돕고 있던 병사들이나, 자재를 운반하고 있던 아는 주민들이 말을 걸었다.

"백령 님, 척영 님!"

"도련님, 상처는 이제 괜찮아요?"

"소문으로는 들었습니다만······."

"정말로 두 분이 같이 다니고 계셔~♪"

"벽창호인 도련님도 드디어 여심을 이해한 거군요!"

""············.""

나와 백령은 서로의 얼굴을 마주 보고, 반걸음 후퇴했다. 묘하게 쑥스럽잖아.

검은 머리를 난잡하게 긁적이고, 모두에게 외쳤다.

"······너희들을. 정말이지. 다치지 않도록 조심해라~."

병사와 주민들은 기쁜 기색으로 손을 흔들거나, 가슴을 두드리면서 작업하러 돌아갔다.

공방전 이후로, 지금처럼 말을 걸어주는 일이 늘었다. 나한테는 안 어울리는데.

뒤통수에 양손을 돌리려는데 「왼손은 안 돼요」라면서 백령이 소매를 붙잡았다.

허전해진 오른손을 되돌리고, 칼집을 만지는 은발의 미소녀에게 질문했다.

"그래서~? 이다음엔 어쩔 거야??"

"오늘의 시찰은 이 지구로 끝이에요."

"알았어."

둘이서 느긋하게 골목을 나아갔다. 이런 시간도 나쁘지 않군.

나는 옆을 걷는 백령에게 제안해봤다.

"그러면, 기왕이니까 시장도 들렀다 가지? 걸어 다니다 보니까 배가 고파졌어, 나는. 어디 사는 누가 과보호를 하는 탓에, 요즘 들어 시찰이 끝나면 금방 저택으로 돌아갔었고 말이지~."

"……인식의 차이가 있는 것 같아요."

백령은 알기 쉽게 토라지고는 내 앞으로 나서 돌아보더니, 한 손을 왼쪽 허리에 대었다.

가녀린 손가락으로 척 가리키면서 날 탓했다.

"잘 들어요? 당신은 부상자였거든요? 그것도, 보통은 반년쯤 아무것도 못 들 정도의. 1개월도 안 되어 회복하는 게 이상해요. 맹렬히 반성하세요."

"내가 사과하는 거냐?! 백 보 양보해도, 네가 과보호인 건 틀림 없──."

"당신이 혼자 어슬렁거리게 하지 말라고, 아버님께서도 말씀을 하셨어요. 불만이 있다면 직접 말하면 되지 않을까요?"

"으극."

망설임 없는 대답에 나는 신음하는 수밖에 없었다.

부녀인 탓인지, 호방뇌락(豪放磊落)하게 보이는 의부님도 뜻밖 에 과보호라니까.

시선을 돌리고, 눈웃음을 짓는 미소녀를 달랬다.

"아, 이제 괜찮다니까. 통증도 없고, 나도 그 정도쯤은 분별
을──."

"없어요. 당신은 금방 무리하고 무모한 짓을 해요. 말려드는 내
신세도 되어 보세요."

"그, 그렇게까지 말할 건 없잖아!"

너무해. 장백령. 너무해.

옛날에는 이래 보여도 정말로 귀여웠단 말이다. 어딜 가든 내
뒤를 따라오고──『말려드는 내 신세도』?

내가 침묵하자, 백령은 의문스럽게 말을 이었다.

"⋯⋯그 눈은, 뭔가요?"

"아~그게⋯⋯. 내가 사건이란 것에 말려들면, 네가 같이 관여
해주는 건 확정이구나, 싶어서."

직후 강풍이 불고, 은발과 붉은색의 머리끈이 흔들렸다.

말의 의미를 깨달은 백령. 점점 목덜미와 볼이 새빨갛게 물들
더니,

"우~~~!"

양손으로 나를 콩콩 때렸다.

"외, 왼팔을 의식적으로 노리지마! 나는 일단 부상자였거든?!"

항의하면서, 홀쩍홀쩍 피했다.

그러자 기분이 상했는지 볼을 부풀리고, 백령이 담담하게 통고
했다.

"⋯⋯알았어요. 나았다면 내일 이후는 이제 용서 안 해요. 승마

나 검과 활의 단련도 모두 재개합니다. 설마, 싫다고 하지는 않겠죠? 다 나았으니까!"

비, 비겁하다!

그러나 동시에, 여기서 저항해도 소용없다는 것을 지난 10년간 이미 학습했다.

그러니까, 이 국면에서 내가 취할 선택지는── 이거다!

"……아~ 말타기는."

"알, 겠, 지, 요?"

"…………네."

교섭을 하려고 하던 내 속셈은 백령의 박력 앞에 간단히 무산됐다.

내일부터 늦잠을 못 자는 건가…… 그렇구나.

약간 실의에 빠져 있는데, 꽃향기가 코를 자극했다.

"? 백령?"

갑자기, 소꿉친구 소녀가 내 왼쪽 소매를 살짝 잡았다.

둘만 있을 때는 몰라도, 남들 앞에서는 거의 이러지 않는데…….

빤히 바라보는데, 빠른 어조로 설명했다.

"당신이 시장에서 미아가 되면 안 되니까요. ……정말로 통증은 없는 거겠죠? 거짓말 아니죠?"

조금 말이 심했다고 생각한 모양이군. 역시, 이 녀석은 상냥하단 말이지.

나는 손을 뻗어, 소녀의 머리칼에 묻은 먼지를 떼어냈다.

"괜찮다니까. 고마워."

"……별거 아니에요."

그렇게 말하고, 백령은 쑥스러웠는지 고개를 푹 숙였다.

경양은 대륙을 남북으로 관통하고 있는 대운하의 요충지였다.

그렇기에, 각지에서 갖가지 물건이 들어오고── 시장은 언제나 활기가 있다.

구름 한 점 없는 하늘 아래, 오늘도 헤아릴 수 없는 노점이 나왔고, 여기저기서 힘찬 대화가 들린다.

대량의 신선한 고기나 물고기, 채소 같은 신선 식품. 맛있어 보이는 요리와 과자. 천과 옷, 짐승의 모피. 자기와 도기, 보기 드문 외래품.

……최전선이 아니었다면, 더욱 발전할 거라고 생각하는데.

내가 내심 개탄하면서 백령과 별거 없는 대화를 하면서 시장을 돌아보고 있는데, 사람들의 통행이 끊어졌다. 어느샌가 작은 골목에 들어온 모양이군.

그곳에 10대 전반일까? 머리까지 외투를 두른 『소년』이 대나무 의자에 앉아서, 옅은 하얀 색 꽃을 손에 잡고서 가위를 움직이고 있었다.

"헤에……."

"못 보던 꽃이네요."

나와 백령이 멈춰 서서, 돗자리 위에 놓인 물동이 안의 꽃다발을 들여다보았다.

……이런 꽃이, 경양 주변에 있었던가?

약간 의문을 느끼면서도 나는, 자그마한 점주에게 말을 걸었다.

"소년, 잠깐 괜찮을까? 이거 어디서 따온 거야?"

그러자 소년은 아주 약간 고개를 들고, 찰칵! 가위로 하얀 꽃을 잘라냈다.

——경양에서도 흔히 볼 수 없는 금색 머리칼과 비취색 눈동자. 앞머리로 왼쪽 눈을 가리고 있었다.

아무래도, 서동의 북서부 『백골 사막』을 넘어간 곳에 있다고 들은 국가 출신인 모양이군.

"……말 못 해. 장사가 될 정도니까. 그리고."

음색에 희미한 노여움이 섞였다.

옆에 있던 백령이 「……바보」 하고 작게 말하는 것이 들렸다.

자그마한 점주가 의자에서 일어서, 긴 금발을 드러내며 노려보았다.

"나는 여자야. 안 살 거라면 비켜주지 않을래? 전쟁을 하는 사람은 싫어해."

실, 수, 했, 구, 만.

이렇게 일어서니 알 수 있긴 한데…… 몸에 굴곡도 거의 없고, 파란 끈으로 가볍게 묶어놓은 머리칼도 가려져 있어서 눈치 못 챘다.

어색해진 나는 양손을 마주치며 순순히 사과했다.

"미안! 꽃을 살 테니까 용서해줘."

"…………."

앞머리로 왼쪽 눈을 가린 소녀는 묵직하게 침묵하고, 그저 차

가운 분위기를 발산했다.

큭! 고, 공기가, 공기가 무거워!!

백령이 기가 막힌다는 한숨을 쉬었다.

"하아…… 정말이지. 미안해요. 이 사람은 참 둔감해서. 부디 용서해 주세요. 정말로 예쁜 꽃이네요."

오른쪽 눈동자를 깜박이고 「……은발창안의 미소녀…… 그러면, 그쪽 흑검은……」이라고 중얼거렸다.

눈을 깔고, 점주가 답했다.

"……당신의 머리칼과 눈동자도 예쁘다고 생각해, 장씨 가문의 공주님."

"고마워요."

그 용모 탓에 경양에서 이름이 알려진 백령은 포근하게 미소를 짓고, 정중하게 감사 인사를 했다. 분위기도 누그러져서, 나는 안도했다.

……전생의 기억도 이럴 때는 쓸모가 없어.

쓴웃음을 짓고 있는데, 소녀의 시선이 나와 백령의 허리춤에 쏟아졌다. 눈빛에 담겨 있는 건 호기심?

금발을 매만지면서 입을 열었다.

"……그 검."

"응? 아아, 내 애검이야. 잘 베이고, 튼튼하거든?"

황 제국 초대 황제가 말하기를──.

『하늘에서 내려온 별을 이용해 벼렸다. 이 세상에 벨 수 없는 것이 없어.』

그 말은 거짓이 아니었다. 기존의 무기로는 견딜 수 없는 나의 힘에도 태연하게 버티며, 지난번 전쟁에서는 『적랑』이 두른 강철 갑옷마저도 양단했다.

금발의 소녀가 가위를 넣고 조용히 물었다.

"……뽑았, 어?"

"? 뽑을 수 없는 검을 차고 다니지는 않지. 재미있는 말을 하는 녀석, 우옵."

"당신은 입 다물고 있어요."

어째선가 백령이 조금 당황한 기색으로, 내 입을 손으로 막았다.

소녀는 그 반동으로 흔들린 【백성】을 보았다.

이 녀석…… 【천검】을 알고 있나? 현이나 서동의 밀정??

팔을 가볍게 두드리면서 은발 소녀에게 손짓하여, 손을 치웠다.

"그~래 그래. 입 다물게요~. 엿차."

통에서 꽃 한 송이를 잡아, 물을 소매로 닦아내고 백령의 앞머리에 끼웠다.

"! 처, 척영?! 머, 머하는……."

냉정침착한 장씨 가문의 아가씨가 격렬하게 동요하고, 그 자리에서 허둥대기 시작했다.

나는 품에서 지갑을 꺼내, 비취색 눈을 동그랗게 뜬 소녀에게 동전을 넉넉하게 건넸다.

"응, 어울리네. 너도 그렇게 생각하지? 한 다발 포장해줘."

"…………."

대금을 작은 손으로 받은 소녀는 고개를 세로로 젓고, 양 볼을 누른 채 몸부림치는 백령에게 기가 막힌다는 어조로 물었다.

"있지…… 이 사람은 언제나 이래?"

"……네."

"큰일이네."

"고맙습니다. 알고 있을지도 모르지만 새삼—— 장백령입니다. 이름을 가르쳐줄 수 있을까요?"

"유리(瑠璃)."

짧게 이름을 밝힌 금발 소녀는「……조금은 생각을 해」라고 말하며 꽃다발을 나에게 떠넘겼다. 지금, 내가 혼날 이유가 있었던가?!

부조리함을 느끼면서 꽃다발을 받았는데, 큰 소리가 귓불을 때렸다.

"소매치기다!!!!! 누, 누가 그 녀석을 붙잡아줘!!"

"""……!"""

길가에 시선을 돌리자, 야비한 남자 둘이 맹렬하게 이쪽으로 달려오고 있었다. 입고 있는 옷은 지저분하고 명백하게 경양의 주민이 아니다. 순찰 도는 병사들에게서 도망치는 모양이군.

"백령, 부탁한다!"

"……어쩔 수 없네요."

은발 소녀에게 꽃다발을 던져서 넘기고 내가 달려가, 골목의 중앙에서 양손을 펼쳤다.

"비켜비켜비켜비켜!!!!!"

"쳐 죽여 버린다!!!!!"

남자들이 허리의 단검을 뽑으면서 노성을 질렀다.

……어쩔 수 없구만.

내가 주먹을 가볍게 쥐자, 젊고 발랄한 목소리가 가까운 지붕에서 내려왔다.

"왼쪽은 내가! 오른쪽 남자를!"

말릴 틈도 없이, 외투를 펄럭이는 다갈색 머리의 청년이 지붕에서 뛰어내려 남자를 걷어찼다.

피부가 잘 그을렸다. 남방인?

"! 으악?!'

기습을 받은 남자가 땅에 드러누워 움직이지 않게 됐다. 실신한 모양이군.

"이, 이 자식! 야, 얕보지 마라!!"

동료가 쓰러진 걸 본 빡빡이 머리 남자가 청년에게 단검을 휘두르려다가——.

"~~~윽?!"

"그만해라."

내가 손목을 비틀자, 두 무릎을 땅에 짚으며 비명을 질렀다.

떨어진 한쪽 날의 단검을 주워, 빙글빙글 돌리며 소매치기 남자에게 정색하고 말했다.

"너 말이다. 여기는 【호국】 장태람이 수호하는 경양이거든? 백주대로에서 소매치기 같은 걸 하면 당연히 붙잡히겠지? 어디서 흘러들어온 놈이야?"

"히익! …………."

"어~이? ……실신했군. 그나저나 미안해, 도움을 받았어."

남자는 얼굴이 새파래져서 기절해 버렸다. 그렇게 협박한 것 같지는 않은데 말이지.

시선을 옮겨서, 또 한 명의 소매치기를 제압한 외투를 두른 청년에게 인사를 했다.

······이 녀석, 얼굴이 제법 단정하잖아. 하늘은 불공평해!

내 감상을 눈치 못 채고, 청년은 앳된 느낌이 남은 미소를 지으며 응답했다.

"아뇨! 당연한 일을 했을 뿐입니다── 흑발홍안. 혹여, 당신은."

새된 손가락 피리 소리가 들렸다. 전장에서 지시를 내릴 때 쓰는 것이군.

청년이 헉! 하더니, 깊이 고개를 숙였다.

"죄송합니다. 서둘러 가야 해서요. 오늘은 이만 실례합니다!"

"어, 이봐."

불러 세울 틈도 없이, 청년이 달려갔다.

길거리의 인파 사이로, 외투를 두른 위장부(偉丈夫)가 사라졌다.

······정체가 뭐지?

생각에 잠겨 있는데, 경비병들이 현장에 달려왔다.

"처, 척영 님?! 어째서 이러한 곳에······."

선두에 선 강직해 보이는 젊은 사관은 장태람을 오랜 세월에 걸쳐 지탱해온 노장, 레엄의 먼 친척인 정파다.

소매치기가 가지고 있던 단검을 내밀고, 어깨를 두드렸다.

"정파, 뒷일은 맡긴다. 이 녀석들이 어디서 왔는지만 보고해줘. 아마『서쪽』이다."

"──예!"

정파는 긴장한 표정으로 경례를 하고, 병사들 지휘를 재개했다.

──경양의 서쪽.

소매치기들이 가지고 있던 특징적인 한쪽 날의 단검…… 【서동】에서 도망친 건가?

담담히 생각하면서, 백령 곁으로 돌아갔다.

손에 꽃다발이 없고, 앞머리의 꽃도 없다. 응?

의문을 느끼고 있는데, 나에게만 엄격한 은발의 공주님이 단적으로 평가했다.

"꽤 무뎌져 있네요."

"본격적인 단련을 막은 게 누구시더라?! 꽃다발은 어쨌어? 그리고."

주위를 둘러보지만, 방금 전의 소녀는 없었다.

"점주는?"

"유리 씨는 갈 곳이 있다고 했어요. 동화도 돌려주고서. 신기한 일이지만 꽃다발과 꽃도 사라져 버렸어요. ……방금 그 청년은."

"제법 실력이 있는 녀석이었어~. 경양인은 아니었지."

신비로운 금발 소녀와 명백하게 단련된 남방인으로 보이는 청년.

묘한 녀석들을 만나는 날이군.

"네. 그리고──."

"? 왜 그래??"

입을 다문 백령의 얼굴을 들여다보았다.

"아뇨, 기분 탓일 거예요. ……그분이 경양에 있을 리 없으니까."

자신에게 말하듯 말을 흘리고, 백령은 나에게 동화를 쥐여주었다.

이어서 왼팔에 자기 팔을 끼웠다. 조금 불안해진 모양이군.

"자, 저택으로 돌아가요. 당신을 혼자 두면 위험하다는 것이, 오늘 일로 입증됐어요. 앞으로도 나랑 같이 행동할 의무가 있습니다. 반론은 허가 안 해요. 꽃다발은, 돌아가는 길에 새로 사주세요."

*

"백령 아가씨, 척영 님, 어서 오십시오♪"

경양 동부에 위치한 장씨 가문 저택에서 우리를 마중한 것은, 함박웃음을 지은 다갈색 머리의 백령 전속 시녀—— 조하였다.

청소를 하고 있었는지, 손에 대나무 빗자루를 들고 있었다.

"다녀왔어."

"어~."

우리는 인사를 하면서 다가가, 손에 들고 있던 종이봉투를 내밀었다.

"이거 사 왔어. 다 같이 먹어. 오늘은 튀김 만두를 사 왔지."

"어머나. 정말 감사합니다."

진심으로 기뻐하며 받더니, 시녀가 점점 더 웃음이 짙어졌다.

가볍게 왼손을 흔들고, 나는 뒤통수에 양손을 돌렸다. 조하와 가인들에게는 온통 신세를 졌으니까. 이 정도는 해야 하겠지.

"조하. 꽃병을 두 개 준비해줄 수 있을까?"

시장에서 새로 산 꽃다발을 안고 있는 백령이, 담담한 말로 부탁했다. 앞머리에도 새로운 꽃을 끼워두고 있는 이유는…… 뭐, 무언의 압력이란 게 있었어.

빗자루와 종이봉투를 손에 든 시녀가 고개를 갸우뚱 움직였다. 나도 영문을 몰라서 전개를 지켜보았다.

"둘, 인가요? 하나가—— 아, 알겠습니다! 저한테 맡겨두세요♪"

"부탁해."

"???"

영문을 모르는 건 나뿐인가 보네. 의부님의 방에 장식하려는 건가…….

백령이 이쪽을 보았다.

"조금 땀을 흘렸으니 저는 입욕하고 오겠어요. 멋대로 어디 가면 안 됩니다?"

장씨 가문 저택 안에는 온천이 솟아서, 언제든지 입욕을 할 수 있다.

내 상처가 빨리 나은 건 그 효능일지도 모른다.

"네~에. 얼른 다녀와."

"…………."

대답이 마음에 안 든 모양이군. 은발의 미소녀는 말없이 복도를 걸어갔다. 저 녀석, 앞머리에 계속 꽃을 끼워두고 있는데.

자, 나는 내 방에 돌아가서 독서라도—— 조하가 목덜미를 잡아당겼다.

"우옷!"

"척영 님은 이쪽으로★"

어깨너머로 보자, 시녀의 눈동자에 심각함이 보였다.

"주인 나리가 기다리십니다. 척영 님에게 상담을 하고 싶은 일이 있으시다고. ……전에 없이 고민스러운 기색이셨습니다."

저택 안쪽, 의부님의 방 앞에서 나는 작은 종을 울렸다.

딸랑. 시원스러운 소리가 울리고, 금방 굵직한 목소리가 들렸다.

"——들어오거라."

"실례합니다."

낡은 책상과 긴 의자, 침대만 놓여 있는 살풍경한 방에 들어갔다.

도저히 영 제국 최고 명장의 사실로 안 보이는군.

"돌아왔구나, 척영. 도시의 모습은 어땠느냐?"

의자에 앉아 서간을 읽고 있던 흑발흑염의 근골이 장대한 남성——【호국】장태람은 기뻐하며 내 이름을 불렀다.

10년 전—— 비적의 습격을 받아 부모님뿐 아니라 자신의 목숨마저 잃을 지경이었던 나를 이 사람이 거두어 주었다.

나는 비어 있는 의자에 앉아 다리를 꼬았다.

"착실하게 복구 작업이 진행되고 있어요. 누가 뭐래도, 경양은 장태람의 본거지니까요."

"입바른 소리가 서투르구나. 너도 열여섯. 조금 더 말을 배우지 않으면 여자도 꼬실 수 없을 거다."

흑염을 매만지면서, 의부님이 싱글벙글.

괜히 어깨를 으쓱거렸다.

"……붓과 종이를 빌려주시겠사옵니까? 다 적어서 백령한테 보여줄 겁니다."

"하하핫! 말은 잘하는구나. 꽉 잡혀 있으니 참 다행이로다."

"……좀 봐주세요."

그 녀석에게 못 이기는 건 사실이지만, 인정하는 건 좀 그렇다.

의부님의 후방, 둥근 창밖으로 눈길을 돌리자 안뜰에서 작은 새 무리가 지면을 쪼고 있었다. 최전선의 도시라고 생각하기 어려운 평온한 광경이다.

밖을 바라보면서 나는 자연스러운 어조로, 의부님에게 본론을 물었다.

"조하에게 조금은 들었습니다. 귀찮은 일이 생긴 것 같군요."

의부님이 눈가를 누르고, 서류를 책상에 놓더니 일어섰다.

창 근처로 가서, 장병 앞에서는 결코 드러내지 않는 우울한 목소리를 냈다.

"……그래. 내가 임경을 떠난 뒤, 궁중에서 묘한 사태가 일어나고 있는 모양이다."

"어떤, 사태인지?"

불길한…… 터무니없이 불길한 예감이 든다.

분명히 지난번 전투에서 우리는 맹장 『적랑』을 경양 땅에서

쳤다.

『사랑』 중 하나를 쓰러뜨린 것이다. 『전승』이라 표현할 수도 있으리라.

──그러나.

그 결과 【영】은 대하 이북의 강대한 적군에 더해, 이반한 【서동】 방면에도 전선을 안게 되었다.

대국적인 견지에서 보면 정세가 명백하게 악화된 것이다.

『전장에서 져도, 전쟁 자체에서는 지지 않는다.』

……전생에서 영풍이 때때로 흘린 말이지.

의부님이 양손을 거창하게 펼치고, 얄궂음을 섞어 『귀찮은 일』의 내용을 가르쳐 주었다.

"듣고 놀라지 말거라── 현재, 묘당에서는 서동 침공이 진심으로 협의가 이뤄지고 있는 모양이다."

말도 안 되는 이야기에 나는 자연스럽게 이마에 손이 올라갔다.

……아이고, 거짓말 아니고?

"제정신, 인가요? 지금 정세에서 의부님이 전선을 벗어나면, 현 나라 군이 이때다 싶어 도하를 재개할 텐데요? 아다이는 과감하면서 냉정하게 시세를 관찰하고 있습니다. 수족과 같은 신하였던 『적랑』을 잃은 뒤의 움직임으로, 그건 충분하고 남게 실증이 됐다고 생각하는데요……."

그 소녀 같은 용모와 믿기 어려운 전력으로 【백귀】라 불리며 경외를 받는 현 나라 황제 아다이 다다는, 경양 공략의 실패를 감지하자마자 침공을 중단. 군을 간단히 북쪽으로 되돌렸다.

숫자로 앞서고, 용장, 맹장, 지모의 책사까지 충분히 있으면서도── 돌아온 장태람과 직접 대결은 어디까지나 피한 것이다.

그 기도는, 군략이란 면에서 결코 뛰어나다고 할 수 없는 내 눈에도 명백했다.

『2면 작전을 강요하여 장가군을 차츰 약화시킨다. 결전은 그 다음.』

아다이의 군재는 왕영풍에 필적하거나── 까딱하면 더 뛰어나다.

어렴풋한 기억 속의 영풍이라면, 희생을 동반해서라도 『적창기』를 구했으리라.

"……아니."

의부님은 시선을 나와 맞추고 자조했다.

"나와 군은 『대하 이북의 침공에 대비하여, 경양에 머무른다. 침공 거점은 서동 남부와 국경을 마주한 『안암』으로 한다』──라고 하더군."

"네에?!"

무심코 큰 소리가 나와, 황급히 양손으로 입을 막았다.

호흡을 정돈하고, 나는 여러 번 고개를 저었다.

"아니아니아니, 있을 수 없습니다. 애당초 침공 자체가 무리입니다만…… 그래도, 가장 적을 잘 아는 장수와 군을 구상에서 빼요? 그, 그러면 침공의 주력은."

"『금군』이다. 비교적 평온이 이어지고 있는 다른 지역에서, 실전 경험이 풍부한 장병도 동원한다고 한다만."

"…………."

나는 눈을 부릅뜨고 이번에야말로 말을 잃었다.

『금군』은 황제 직속의 중앙군이다.

대하 이북의 회복── 이른바『북벌』을 비원으로 삼는 의부님이, 지금까지 여러 번 파견을 요구했지만 모조리 반려되었다.

그런데, 이 전국에서 그 비장의 예비 병력을 침공을 위해 쓴다고?

"……군이……. ……군이 말하겠습니다?"

두통을 느끼면서, 나는 의부님에게 솔직한 감상을 말했다.

"이 전쟁은 집니다. 필패입니다."

영 제국의 수호신인 희대의 명장은 팔짱을 끼고, 시선으로 다음을 재촉했다.

흑발을 헝클어뜨리면서 말을 뱉어냈다.

"금군은 지난 수십 년, 제대로 된 전쟁을 경험하지 않았을 겁니다. 7년 전에 의부님이 현의 대침공을 막아낸 대전 때조차 제대로 싸우지 않았다고 들었어요. 각 국경을 만족에게서 지키고 있는 군에서 장수와 정예를 동원해도…… 이기지 못해요. 고명한【봉익】나리나,【호아】나리가 더해진다고 해도요. 그 반인반마 놈들은 한 해 내내, 끝도 없이 계속 싸우고 있는 놈들이 아닌가요? 게다가,

대운하로 물자를 옮길 수 있는 경양을 쓰지 않고 안암(安岩)에서 침공? 육로로 병참을 유지하겠단 건가요?"

"알고 있다. 노재상 각하께 그 뜻을 적은 의견서를 도읍에 보냈다."

전장에서 불패를 자랑하는 명장은 눈에 비통함을 띠었다.

……그렇군, 벌써 늦은 거구나.

"그러나, 멈추지 않을 게야. 【서동】이 적으로 돌아섬에 따라 변화된 전국을, 주상께선 이해하고 계신다. 침공안도 사전에 발안자인 부재상에게 들으셨겠지. 기본적으로는 찬동하시는 모양이다."

"……그렇군요."

【쌍영】이 섬긴 황 제국 초대 황제는 일대의 영걸이었으며, 뛰어난 대국관을 가지고 있었다.

그러나 대다수의 『황제』에게는 그것이 요구되지 않는다.

대하 이북을 빼앗고, 오랜 세월의 우방 【서동】마저 굴복시킨 초대국 【현】.

임경의 황제는 그 공포에 견디지 못하고, 탁상공론에 지나지 않는 침공안에 찬동했다.

양손을 마주 대고 의견을 말했다.

"……【서동】의 수도를 함락하는 것은 무리일 텐데요? 병참이 유지되지 못해요. 적 주력을 야전에 끌어내서 두드리고, 전선을 안정시키는 것이 현실적이지 않을까요?"

"같은 의견이다. 그것을 위해 임경의 왕명령 공에게 원정용 양식 준비를 의뢰했다마는……."

"명령에게 말인가요."

과연 영 제국의 수호신. 남몰래 다음 전쟁을 내다보고 있던 모양이군.

또 그 녀석에게 감사의 서간을 보내야겠어.

"──척영."

"예!"

이름을 불리자 자연스럽게 등이 쭉 뻗고, 나는 일어섰다.

시선을 맞추자, 평소에는 잔잔한 바다 같은 의부님의 눈동자에 격정이 보였다.

"노재상 각하의 의뢰다. 참으로…… 참으로 미안하다만…………한 부대를 이끌고 서동 정벌군에 참진해 주지 않겠느냐? 침공을 함에 있어 적을 잘 아는 자가 필요하다. 장수 중에는 내 오랜 지인도 있다. 그 녀석들이 죽는다면."

아무리 【장호국】이라도 더 이상, 말을 이을 수 없는 모양이다.

장가군이 정예라고 해도, 금군뿐 아니라 각 변경에서 실전 경험을 쌓아온 장수와 병사를 잃으면…… 영 나라는 멸망한다.

이 나라에 애착은 그렇게까지 없지만, 목숨을 구해준 은인에게 이런 표정을 짓게 만들 수도 없으니까. 백령의 고국이기도 하고.

나는 가능한 가벼운 어조로 대답했다.

"알겠습니다. 어차피 한배를 탔으니까요, 아, 백령은 빼도──."

"당신은 아직 『장』씨 성을 가진 게 아니잖아요?"

"'!'"

소꿉친구 소녀가 갑자기 방에 들어왔다. 옷을 갈아입었는지 옅은 파란색 기조의 복장이다.

나를 찌르듯이 노려보고, 의부님 앞으로 나아가 두 주먹을 마주 댔다.

"아버님, 그 임무, 저와 척영이 훌륭히 완수해내겠습니다. 만사 맡겨 주세요."

창안에 깃든 물러서지 않겠다는 의지. ……글렀군.

이렇게 된 장백령의 생각을 바꿀 수 있는 방도가 나한테는 없었다.

의부님이 흑염을 매만졌다.

"…………척영."

"알겠습니다."

말할 것도 없이 『백령을 부탁한다』라는 뜻이 담겨 있었다.

10년 전, 처분을 외치는 어른들을 막아서고, 나를 구해준 은발의 소녀를 위해서라면 목숨을 거는 것쯤이야── 어엇, 백령의 미소다.

무심코 뒷걸음질을 칠 것 같았지만, 순식간에 거리를 좁혀왔다.

"(제멋대로 이런 중요한 이야기를 진행하려 하다니…… 화낼 겁니다?)"

"(버, 벌써 화났잖아! 이번에는 진짜로 위험하거든!!)"

"(……바보네요. 그렇기에 그런 거죠. 나중에 설교합니다. 각오하세요.)"

"(네~에.)"

결국 나는 이 녀석을 당해낼 수가 없다.

임경의 명령에게 궁중의 정보를 알아봐 달라고 해야지.

"······척영? 듣고 있나요?"

"드, 듣고 있어, 듣고 있다니까!"

백령이 더욱 나에게 파고들어, 삐친 시선을 쏟아붓길래 필사적으로 막았다.

의부님은 그런 우리들의 모습을 보고, 기쁜 기색으로 표정을 풀었다.

──입구에서 방울이 울렸다.

"들어오거라."

"실례합니다."

의부님의 허가를 받고, 곧장 조하가 방에 들어왔다.

우아하게 인사를 하고 보고했다.

"주인 나리. 손님이 오셨습니다."

"왔군. 안뜰로 안내를 부탁하마. 차도 준비하고."

"알겠사옵니다."

손님? 오늘 그런 예정은 없었을 텐데.

의부님이 묵직하게 명했다.

"백령, 척영도 동석하거라. 내 맹우, 남군 원수【봉익】서수봉(徐秀鳳)을 소개하마."

*

안뜰에 마련된 지붕이 달린 회담 장소에서 의자에 앉지도 않고 의부님을 기다리고 있는 것은, 짙은 다갈색 머리칼에 녹색 군복을 입고 있는 피부가 잘 그을린 위장부와 용모가 뛰어난 청년이었다.

저 녀석, 아까 소매치기 붙잡는 걸 도와준 녀석 아냐?

옆에 있는 백령을 힐끔, 보자 「역시……」라고 중얼거렸다.

내가 기억을 불러일으키는 가운데, 위장부——【봉익】 서수봉이 의부님을 발견하고 파안했다. 의부님과 서군의 맹장 【호아】 우상호와 나란히 칭송받는 용장이다.

"오오! 태람!"

"왔구나! 수봉!"

두 사람의 위장부는 그대로 다가가 주먹을 마주치더니, 서로 어깨를 두드렸다.

거리를 벌리고, 진심으로 기뻐하며 서 장군이 크게 웃었다.

"하하하핫! 몇 년 만이지? 활약이 『남사(南師)』까지 들린다. 지난번 전쟁에서도 북방의 마인 놈들을 쫓아냈다고 하더군. 대단하지 않나."

"아직도 북벌의 약속을 이루지 못하고 있지만 말이야. 그쪽은 아들인가?"

"그래. 비응(徐飛鷹)아."

"헉, 네!"

볼에 홍조를 띤 청년이 완전히 긴장한 기색으로 의부님에게 경례를 했다.

아직 어린아이 같지만 얼굴이 잘생긴 탓인지, 그림이 된다.

"서수봉의 장자, 비응이라 하옵니다! 【호국】 장 장군의 고명은 거듭해 들었습니다!! 뵙게 되어 광영입니다!!!"

의부님의 무명은 영 제국 남단에 위치한 『남사』에도 울리는 모양이군.

무심코 싱글거리고 있는데, 옆에 있는 백령이 팔꿈치로 찔렀다.

『……이상한 표정 짓지 마세요.』

『아, 안 지었어!』

우리의 대화를 눈치 못 채고, 의부님은 청년에게 자기소개를 했다.

"태람이다. 네 아버지하고는 꼬맹이였을 때부터 아는 사이지. 이 녀석이 남군으로 가기 전까지는 매일 밤마다 술을 나누었어."

"네놈은 취하면 아내의 이야기만 했었지. 이제 와서는 그립군……."

서 장군은 눈웃음을 지으면서, 상공을 기분 좋게 나는 새를 바라보았다.

머리칼과 수염에 섞인 하얀 것이 남방에서 고생한다는 것을 드러낸다.

의부님이 돌아보며, 커다란 손으로 우리를 가리켰다.

"소개하지. 내 자랑스런 딸과 아들이야."

아들── 아들, 이라.

피 한 방울 이어지지 않은 고아인 나를 그렇게 말해주다니.

……의부님은 이렇다니까.

한심하게도 가슴이 뜨거워지는데, 백령이 우아한 동작으로 인사를 했다.

"장백령이라 하옵니다. 서 장군과 비응 공은 어린 시절 경양에서 만난 적이……."

"기억하고 있다. 참으로 아름다워졌구나! 비응, 너도 그리 생각하지 않느냐?"

"앗, 네!"

말을 건 청년은 볼을 더욱 상기시키면서, 서 장군의 물음에 고개를 끄덕였다.

아무래도 이 두 사람은 『은발창안의 여자는 재앙을 부른다』 따위의, 곰팡이가 핀 전승을 믿지 않는 모양이군.

백령이 외부용 미소를 지은 채 나를 재촉했다.

"감사합니다. 당신 차례랍니다."

"어, 어어."

언뜻 평소와 같은 냉정침착한 태도지만 조금 자랑스럽게 백령이 나를 재촉했다.

네가 경양은 물론 영 제국에서도 손꼽히는 미소녀라는 건 잘 알고 있다니까!

내가 눈인사를 하고, 어색하게 자기소개를 했다.

"척영입니다. 그~게……."

"알고 있다. 경양을 지켜내고, 백령 양과 함께 『적랑』을 친 젊은 영웅 나리 아니던가? 내가 다소 나이를 먹었지만 귀는 좋아. 남쪽은 도읍처럼 소란스럽지 않으니까."

"그, 네에."

백령은 그렇다 치고, 의부님과 나란히 칭송받는 용장이 내 이름을 안다고?

시선을 돌리자, 서비웅까지 나를 반짝거리는 눈동자로 보고 있었다. 조금 무서운데.

그런 나를 백령이 다시 팔꿈치로 찌르고 눈짓을 했다.

『당당한 태도를 보이세요. 영웅 씨?』

이, 이 녀석…… 내가 반론 못 하는 걸 알고서. 치사해, 장백령 정말 치사해!

그런 우리들을 관찰하고 있던 서 장군이 자애로운 표정을 지었다.

"가능하다면 『백령 양을 우리 아들놈 처로』라고 생각했다마는…… 태람, 좋은 아들을 뒀구나."

"안 준다? 앉아라. 남방에서 일부러 비밀리에 왔지 않나. 할 이야기가 있는 거지? 조하."

"알겠사옵니다♪"

대기하고 있던 다갈색 머리칼의 시녀가 곧장 움직여, 차를 준비하기 시작했다.

분위기가 누그러진 가운데, 맞은편 의자에 앉자마자 서비웅이 깊이 우리에게 고개를 숙였다.

"장백령 공! 장척영 공! 아까 전에는 인사도 없이, 실례했습니다!!"

"아니, 괜찮아요."

"어, 어어."

빈틈없이 대답하는 백령에 비해, 나는 기세에 밀려서 대답했다.

확. 고개를 든 비응이 양손을 움켜쥐었다.

"부끄러운 일입니다만⋯⋯ 나는 아직 첫 출진을 이루지 못했습니다. 이러한 절호의 기회! 놓칠 수 없어요. 부디, 두 분의 무훈담을 들려주실 수 없을까요?"

이 녀석, 교육을 잘 받았군.

향상심이 넘치고, 무문의 명가에서 태어났으면서 겸허하다. 시장에서 본 것처럼 자기자신을 단련하고, 전장으로 나서는 것에 망설임도 없으며── 얼굴도 단정하다니.

다시 말해서, 옆에서 묵고하고 있는 은발 미소녀와 닮았다. 이야기를 시작하면 해가 질 거야.

나는 가볍게 어깨를 으쓱거리고, 입을 열었다.

"그렇다는데, 백령."

"척영, 이야기를 해주세요."

"" "윽!" ""

지근거리에서 노려보고, 앞머리가 서로 닿았다.

10년간 계속 함께 지낸 탓인지, 서로의 생각을 훤히 알고 있었다. 난처하군.

서 장군이 찻잔을 들면서 가가대소했다.

"하하하핫! 사이 좋은 것은 아름다운 일이다. 그래그래. 역시, 우리 아들놈이 끼어들 틈은 전혀 없군."

"" "~~~윽." ""

나와 백령은 황급히 거리를 벌리고, 팔짱을 끼면서 고개를 홱 돌렸다.

　서비웅은 신기하단 기색으로 고개를 갸웃거리고「……아아! 이해했습니다!!」하고 양손을 두드리더니, 단정한 얼굴에 구김살 없는 미소를 지었다. 이, 이 녀석, 무슨 착각을 하고 있지?!

　의부님과 서 장군 부자의 미지근한 시선을 받으면서, 백령이 보란 듯이 헛기침을 했다.

　"어흠── 아버님. 설명을 부탁드립니다."

　"그렇군. 수봉."

　"그래."

　찻잔을 탁자에 둔 서 장군이 자세를 바로잡았다.

　순식간에, 분위기에 긴장감이 서렸다.

　"이미 들었을 거라 생각한다만…… 오래지 않아 서동 침공이 결정됐다. 아직 묘당에서 의논을 하고 있지만, 그것은 작전 내용에 대해서야.『현의 대군은 서동 국내에 없다』가 전제라고 하더군."

　"……그런가."

　""………….""

　의부님이 이마를 누르고, 나와 백령은 조용히 차를 마셨다.

　평소와 같은 방식으로 우렸을 텐데…… 참으로 씁쓸하다.

　비웅만 홀로 눈동자에 전의를 끓이는 가운데, 서 장군이 구체적인 군사의 수를 짚었다.

　"주력은 금군의 절반── 약 10만. 거기에 서군과 남군에서 빼낸 약 2만 5천씩 합계 5만을 더한다. 남방에서는 나. 서방에서는 우상호도 참가한다."

"그렇게까지 구체적인 군사 수가 나오고, 남방과 서방을 내팽 개치고 너와 상호까지 나선다…… 무슨 일이 있든지………… 침공은 멈추지 않는 것이군?"

"그래…… 임충도가 감언을 불어 넣은 것일지도 모르지만, 어디까지나 주상의 명이다. 하는 수 없지."

【호국】과 【봉익】이 서로의 체념을 공유했다. 성가신 일이군.

어떻게든 침공군에 참가하는 건 나만── 옆에서 극한의 냉기.

조심조심 돌아보자, 백령이 찌르는 시선을 보내고 있었다.

"(뭐, 뭔데?)"

"(……지금, 저를 어떻게 두고 갈 건지 생각했죠?)"

"(새, 생각 안 했어.)"

"(생각했어요. 오늘 밤에 설교 시간을 연장합니다.)"

"(너무나 부조리하잖아?!)"

공주님의 폭거에 신음하고 있는데, 의부님이 입을 열었다.

"척영. 아까 나에게 말한 너의 생각을 말해봐라. 이 자리에서는 사양할 것 없다."

모두의 시선이 나에게 집중됐다. ……히, 힘들겠는데.

차를 다 마셔 마음을 진정시키고, 설명을 시작했다.

"……탁상의 전력만 보면, 병사의 수 차이로 밀어낼 수 있을 것 같이 보입니다만."

경양을 함락시키기 위해 정성스레 키운 충신 『적랑』을 좌천시킨 것처럼 보이게 하고 【서동】을 탈취한 백발의 적국 황제의 모습이 흐릿하게 뇌리에 떠올라, 나는 표정을 찌푸렸다.

"상대는 신산귀모의 아다이입니다. 침공 정보도 이미 다 알고 있겠죠.『사랑』의 요격을 받을 가능성이 높다고 생각합니다. 의부님이나 서 장군이 총지휘를 한다면 야전으로 적군 주력에게 일격을. 현실적으로는『국경까지 군을 진군하여 위협』정도가 맞지 않을지."

"……그렇군."

"……굉장해."

서 장군이 생각에 잠기고, 비응은 확실히 알 수 있을 만큼 흥분하여 목소리가 떨렸다.

내 찻잔에, 조금 기분이 좋아진 백령이 차를 따랐다.

녹색 군복을 가다듬고, 용장이 표정을 풀었다.

"장씨 가문의 아들과 딸이『적랑』을 쳤다는 이야기를 들었을 때는 반신반의였다만── 척영 공, 아내가 없다면 어떤가? 내 딸을 받아주겠는가?"

"──네?"

"안돼."

"안돼요!"

얼빠진 내 목소리를, 의부님과 백령이 가로막았다.

소꿉친구 소녀에 이르러서는, 일부러 의자를 딱 붙이기까지 했다.

"수봉."

"훗……. 농담이야. 내 딸은 아직 일곱 살이지. 당분간은 아무한테도 안 준다."

의부님이 말하자, 서장군은 가볍게 고개를 숙였다.

나랑 백령은 갑작스러운 일에 몸이 경직되었다.

눈앞에 있는 것은 수많은 무훈을 쌓아 올린 진짜배기 영걸이었다.

"장척영 공── 귀중한 조언에 감사한다. 전선과 적을 아는 자에게 꼭 이야기를 들어두고 싶었어. 남사를 몰래 빠져나와, 먼 길을 돌아 만나러 온 보람이 있군."

서 장군이 깊은 다색(茶色) 눈동자로 나를 보았다.

──과거의 전장과 경양 공방전에서 본 강하디강한 각오.

"이번 전쟁…… 나와 우상호가 선봉을 맡게 되었다. 총지휘는 부재상 임충도 공이라고 들었어. 거의 군을 지휘해본 적이 없는 자가, 말이야."

＊

"그러면 척영 공! 전장 이야기, 참으로 감사합니다!! 개복숭아 술도 대단히 맛이 좋았습니다. 오늘 밤은 이만 실례하겠습니다!!!"

"……그래, 내일 보자."

거창한 인사에 쓴웃음을 지으면서, 나랑 색이 다른 잠옷을 입은 서비응을 배웅했다.

의기양양하게 방으로 돌아가는 16세의 미청년은 몇 번이나 뒤

돌아서, 몇 번이나 고개를 숙이더니, 이윽고 사라졌다. 저 녀석, 뒷모습도 그림 같네.

혼자 남은 나는 내 방에서 몸을 뻗었다.

"후히이~."

이야기를 하는 건 싫어하지 않는데…… 지쳤다. 입욕 중에도 계속 물어봤으니까.

지금쯤 의부님과 서 장군은 술을 나누고 있을까?

꽃병에 꽂은 꽃을 멍하니 바라보고 있는데, 옅은 복숭아색의 잠옷으로 갈아입고 머리를 푼 백령이 사뭇 당연하다는 것처럼 방에 들어왔다. 【백성】을 끌어안고 있다.

"——왔어요."

"응? 어어~."

나른하게 대답했다.

나랑 백령은 열셋까지 같은 방에서 지냈다. 그 영향인지 밤에 이야기를 하는 것이 습관처럼 되었다.

탁상에 놓인 수입품 유리병이나 찻잔을 게슴츠레하게 보고, 침대에 거칠게 앉은 백령이 나를 탓했다.

"……상당히 즐거운 기색으로 서씨 가문 장자 나리와 이야기를 한 모양이네요. 내가 부탁해도 마시게 해주지 않았던 개복숭아 술까지 꺼내다니……."

"너한테 술은 아직 일러! 요전에 주정 부린 걸 잊었냐?! 그리고, 비응은 소꿉친구잖아? 어쩐지 남처럼 부르네?"

"어렸을 적인 데다가 거의 기억도 안 나고, 『소꿉친구』라고 해도 난처해요."

머리를 푼 백령은 앳된 기색을 전면으로 드러내고, 검을 협궤(脇机)에 기대어 세우고 몸을 쓰러뜨렸다.

······난처한 아가씨야.

유리잔을 선반에서 다시 한번 꺼내 주전자에서 물을 따르자, 이불에 파고든 소녀가 내 이름을 불렀다.

"척영."

"응~?"

물을 따르고 돌아보았다.

백령이 입가를 가리고, 예쁜 창안으로 나를 보았다.

"이번 일, 당신은 어떻게 생각하나요?"

"낮에 설명했잖아? 다음은, 너랑 같아."

"······우음~."

상반신을 일으키고, 어린아이처럼 볼을 부풀린 소녀가 불만을 드러냈다.

나에게서 유리잔을 양손으로 받고, 투덜투덜 중얼거렸다.

"그렇게······ 금방 얼버무리잖아요. 가끔은 제대로 말을 해줘요. 바다보다도 마음이 넓은 나도 한도라는 게 있거든요?"

"바다보다 넓어······? 그런, 장설희를 나는 모르는데── 기다려! 베개 던지지 마! 꽃병이 쓰러지잖아!!"

"······흥이다."

한 손으로 베개를 들고 있는 『설희』라는 아명의 소녀를 달랬다.

나는 가까운 의자에 앉아 다리를 꼬고, 깊은 한숨을 쉬었다.

"하아…… 공주님은 이렇다니까."

"당신 탓이에요. 그래서, 어떤 건가요?"

……조금 더 술을 마셨어야 할지도 모르겠군.

맨정신으로 마주보기에는, 조금 가혹한 현실이다.

"뭐…… 임경에서, 전쟁이 아니라 자기들 권력 다툼에 혈안이 되어 있는 놈들이 생각하는 만큼, 편한 전쟁이 아닐 거야."

서 장군 말에 따르면, 이번 침공 작전을 발안한 것은 임충도 부재상이라고 한다.

전에 명령이 이야기한 궁중의 역학 관계를 미루어볼 때, 목적은 정적인 노재상의 자리를 차지하려는 거겠지.

……최악이다.

유리잔을 움직이자, 안의 물이 흔들렸다.

"네 엄니 코끼리를 모방한 커다란 투석기는 너도 봤지? 우리가 공격하는 건, 그런 물건을 만든 놈들의 본국이야. 방심하면 반드시 험한 꼴을 당한다."

『적랑』이 가져온 서동제 투석기는 경양에 커다란 피해를 주었다.

그런 물건이 전장에서 대량으로 쓰이면…….

"네. 게다가, 그곳에【현】의 군도 더해지겠죠."

"『지금은 없다』── 그놈들은 한 번이 아니라 두 번이나, 칠곡 산맥을 대군으로 넘어왔거든? 바보가 아닌 한 기다리고 있을 거야."

낮에 들은 작전의 전제는『서동 국내에 현 나라 군의 모습은 없다』. 바보 같군.

설마, 부재상이 놈들의 『쥐』인 것은 아닐까?

물을 들이켜고, 협궤에 찻잔을 놓았다.

"내가 아는 한, 서 장군은 생애 불패의 용장이야. 그러나……
중앙에서 편하게 지내던 부재상님이 나서서 이길 수 있다면, 의
부님은 이 정도로 고생 안 했다. 적에게 겁을 먹는 것도 위험하지
만, 적을 얕보는 건 더 위험해. ──그렇게, 됐으니, 너는 경양에
서 집 지키기를 말이다."

"세 번째입니다. 부대 편성은 정파에게 명해뒀어요. 아버님과
례엄에게 허가는 받았어요."

"뭐?!"

나는 입을 쩍 벌리고 말았다.

어, 어느 틈에……. 게다가, 대하의 『백봉성』에 있는 할아범한
테도?!

백령은 침대에서 내려와 【백성】을 손에 집더니 품에 안으며 선
언했다.

"내가 당신의 등을 지켜요. 그러니까── 당신은 내 등을 지켜
주세요?"

달빛과 별빛이 쏟아지고, 세상에서 제일 아름다운 은발과 창안
이 반짝였다.

이렇게 행복해 보이는 표정을 지으면 탓할 수가 없어.

턱을 괴고서, 고개를 저었다.

"……어째서, 그리 좋다고 무시무시한 전장에 가고 싶어 하는지 모르겠다. 비웅도 그랬지만, 너도 좀 이상하거든? 지방 문관을 지망하며 평화를 사랑하는 나를 조금은 본받아 봐."

"다만, 그 전에 해결해야 할 문제가 하나 있어요."

"어~이. 내 말을 좀 들어봐~."

백령이 나의 충고를 무시하고, 심각한 기색으로 말했다.

방금 전하고는 딴판으로, 시선을 흔들면서 【백성】을 꼭 안았다.

"척영…… 저기, 말이죠…………."

"응? 왜 그래??"

자리에서 일어선 소꿉친구 소녀에게 다가가 얼굴을 들여다보았다. 보기 드물게 주저하는 모양이다.

참을성 있게 대답을 기다리자, 백령이 결심한 기색으로 입을 열었다.

"사실은…… 검이 뽑히질 않아요."

"……뭐?"

말의 의미를 이해 못 하고, 나는 고개를 갸웃거렸다.

그러자, 백령이 발돋움을 하면서 다가왔다.

"그, 그러니까! 다, 당신에게 받은 【백성】이, 몇 번을 시험해 봐도, 도무지 뽑히지 않아요! 사, 상담하려고 했거든요? 하지만……말을 꺼낼 수가 없어서."

"아니아니, 그럴 리 없잖아. 잠깐 기다려."

나는 【흑성】을 쥐고—— 천천히 뽑았다.

칠흑의 검신이 달과 별의 빛을 빨아들여 반사시키고, 천장과 벽에 환상적인 빛을 드러냈다.

황 제국의 초대 황제 비효명은 이걸 보기 좋아했지.

칼집에 검을 넣고, 백령에게 말했다.

"뽑았는데? 애당초 구엔을 칠 때는 너도 평범하게 뽑았잖아? 왜 이제 와서 뽑을 수가 없는데?"

"모, 몰라요. 당신이 다친 뒤에, 내 방에서 여러 번 칼집에서 뽑으려고 해봤어요. 하지만, 자물쇠를 채운 것처럼 뽑히질 않아서……. 하, 하지만! 아, 안 돌려줘요! 얘는 내 거니까!!"

백령은 【백성】을 끌어안고, 경계하는 것처럼 몸을 웅크렸다.

……평소에는 머리가 참 좋은데.

나는 손을 뻗어, 소녀의 머리를 톡 가볍게 두드렸다.

"안 그런다니까. 일단은 말이다. 지금 여기서 시험을 해보자. 무기로 쓸 수 없다면, 다른 무기를 골라야 하니까, 잠깐 줘봐."

"……그건, 그렇지만…… 그런 건 절대 싫으니까……."

백령은 조금 울 것 같은 태도로, 검을 나에게 건넸다.

【흑성】과 【백성】—— 한 쌍을 아울러 【쌍성의 천검】.

『황영봉』의 기억이 되살아난다. 아아, 그랬었지.

등불을 손에 들고, 백령에게 한쪽 눈을 감았다.

"잠깐 와봐."

"어? 척영??"

나는 쌍검을 허리에 차고 안뜰로 나섰다. 소녀도 뒤따라온다.

등불을 기둥에 걸고, 백령에게 손으로 거리를 두라고 지시.

눈을 감고, 훗, 숨을 내쉰 뒤——.

"?!"

단숨에 【천검】을 뽑아 춤을 추었다.

칠흑과 순백의 섬광이 달리고, 때로는 멀어지고, 때로는 교차한다.

그립군……. 참으로 그리운 감각이다. 과거의 『황영봉』도 검무가 누구보다 특기였지.

쌍검을 칼집에 넣고 백령에게 【백성】을 던져 건넸다.

"자. 다음은 네 차례거든? 그건 네 검이니까."

"…………우~."

양손으로 받은 소녀가 기쁜 기색으로, 분한 기색으로 신음했다.

내 곁으로 오길래 고개를 끄덕였다.

백령은 검의 자루에 손을 대고,

"——어?"

명백하게 긴장한 기색으로 당기자, 【백성】은 눈 부신 빛과 함께 뽑혀 나왔다.

뜰에 있었는지 검은 고양이가 놀라서 뛰쳐나오더니, 항의하는 울음소리를 내고는 달려갔다.

멍하니 서 있는 백령의 손에서 검을 집어 칼집에 넣었다.

"뽑혔네~. 다행이야, 잘 됐어. 해결됐군."

"저, 정말로 안 뽑혔어요! 정말로 정말이에요!! 나는 당신에게 절대로 거짓말 안 해요!!!"

잠옷 차림의 소녀가 내 가슴에 뛰어들어 필사적으로 호소했다.

얇은 옷이다 보니 체온이 느껴진다. 심장에 안 좋아.

"알았어, 알았다고. 쓸 수 있다면 문제 해결! 맞지?"

"……그렇네요……. 혹시, 척영이 옆에 있어줘서……?"

볼을 살짝 물들이고, 중얼중얼하면서 몸을 흔들더니, 이어서 버둥버둥.

"배, 백령 씨?"

"히양! ……뭔가요?"

정신이 딴 데 팔려 있던 소녀는 문자 그대로 뛰어오르더니, 머리칼을 매만지면서 고개를 홱 돌렸다.

다만, 귀는 새빨갛다. 무슨 일 있었나?

의문스럽게 생각하면서도, 가볍게 왼손을 흔들었다.

"아니…… 이제 그만 네 방에 돌아가서 자. 내일부터 아침 단련, 재개하잖아?"

"……그랬, 었죠."

평소의 태도를 되찾은 백령이, 내 생각에 동의했다.

몇 걸음 걸어서 양손을 등 뒤로 돌리며 돌아보더니, 아름답게 미소를 지었다.

"그러면, 돌아갈게요. 당신도 늦잠 자면 안 돼요?"

"선처해볼게. 잘 자라, 백령."

"잘 자요, 척영."

*

"그러면 태람, 아쉽다만."

"그래, 수봉. 또 만나지."

저택의 정문 앞에서, 의부님과 서 장군이 굳은 악수를 나누었다.

닷새의 체류를 마치고, 용장이 본거지인 『남사』로 돌아가는 것이다.

──전쟁의 준비를 갖추기 위해서.

장군이 먼저 길을 걷기 시작하자, 서비웅이 우리들에게 힘찬 경례를 했다.

두르고 있는 외투와 녹색 군복, 허리에 찬 검이 비꼬는 것처럼 잘 어울린다.

"장 장군! 척영 공! 백령 공! 참으로 감사합니다!! 무예에는 조금이나마 자신이 있었습니다만…… 자신의 미숙함을 통감했습니다. 여러분의 활약을 마음에 새기고, 저도 『서씨 가문』의 이름을 더럽히지 않도록 정진하고자 합니다."

"수봉을 부탁한다."

"어, 어어."

"힘내세요."

의부님과 백령은 너그럽게 고개를 끄덕이고, 나는 당황하면서도 미청년에게 응답했다. 이걸 사심 없이 말하는 게 굉장하군.

비웅이 나에게 다가와, 눈동자를 반짝이면서 속삭였다.

"(백령 공과 혼인이 정해지면 맨 먼저 알려주십시오. 남방 최고의 술을 보내겠습니다!)"

"(윽! 너, 너는 좀…….)"

"그럼! 건강하십시오!!"

마지막에 앳된 미소를 남기고, 비응이 서 장군 뒤를 따랐다.

……묘하게 날 따르네.

저택 안으로 돌아가면서 솔직하게 독백했다.

"조금은 후덥지근하고, 착각도 잘하지만…… 성실하고 좋은 녀석이기는 하네. 기합이 지나치지 않으면 좋겠는데."

"네. ……그래서? 마지막에 무슨 이야기를 했나요?"

동의한 백령이 눈웃음을 지었다. 나는 시선을 흔들었다.

몇 주일 전부터 저택에 눌러앉은 검은 고양이가 다가와서 다리에 달라붙었다.

"……아, 아무것도 아냐."

"거짓말이에요. 지금, 말을 삼켰죠? 자, 얼른 자백하세요. 못 써먹을 이야기라고 생각하지만요."

말 못 해. 이유는 스스로도 모르지만, 이 말은 못 한다.

발치의 고양이를 들어 올려, 앞다리를 움직였다.

"기, 기분 탓이다냥~. 백령 아가씨는 생각이 지나치다냥~."

"…………척영?"

"힉."

분노의 낌새를 느끼고, 나는 고양이를 고쳐 안았다. 기분이 좋은지 갸르릉 소리를 낸다.

후방에서 대기하고 있던 다갈색 머리칼의 시녀가 참 즐거운 모습으로 양손을 마주쳤다.

"우후후♪ 백령 아가씨, 서비응 님은 아마도──."

"조, 조하?!"

"…………."

황급히 말을 막자, 은발 소녀는 말없이 한 걸음 나에게 다가섰다.

고양이만 태평하게 갸우뚱 고개를 움직였다.

"백령, 척영."

의부님이 엄숙하게 우리들의 이름을 불렀다. 고양이를 조하에게 건네고, 등을 쭉 폈다.

문 앞에 누가 온 모양이다. 다갈색 머리칼의 시녀는 그대로 밖에 나갔다.

"어젯밤, 수봉과 작전을 최종적으로 검토했다. ……그러나, 타개책은 찾을 수가 없었다. 어젯밤에 도착한 노재상 각하의 서간에 따르면, 병참 유지도 대운하가 아니라 다른 하천과 육로를 사용하며, 경양은 어디까지나『보조』로서 결정됐다고 한다. 각하는 마지막까지 강경하게 반대를 하셨다 한다만. 표면적인 이유는『대대적으로 배를 이용하면 적에게 작전이 들켜 버린다』,『최전선의 장병에게 과도한 부담을 준다』라는 것이지만…… 진정한 이유는 나를 이번 작전에 가능한 관여하지 못하도록 하려는, 북벌 반대파의 책모일 것이야."

"윽!"

"그건 또……."

그러잖아도 성공한다고 생각할 수 없는 침공 작전인데, 내부가 그리 엉망이어서야 이길 수 있을 리가 없다. 『전장에서 무슨 일이 일어날지는, 천제(天帝)조차도 모른다』라고 하지만.

게다가, 대운하를 안 쓰고 병참선을 구축한다고?

임경에 있는 높은 분들은 『배』와 『말』로 운반할 수 있는 물자량의 차이를 진심으로 이해 못하는 모양이군.

아니면 【서동】국내에서 약탈이라도 할 셈인가? 수십 년에 걸친 우방국을?

⋯⋯지독한 전쟁이 되겠군.

나뿐 아니라 의부님과 백령도 같은 마음이었는지 표정이 어두워졌다.

【호국】장태람은 무언가를 떨쳐내듯, 손을 크게 흔들었다.

"다행히 아직 정식 명령서는 받지 않았다. 지금은 부대 편성과 물자 축적을 서둘러라."

""예!""

"고생을 끼치겠지만, 부탁하마."

그렇게 말하더니 의부님은 저택 안으로 들어갔다. ⋯⋯조금 쓸쓸한 등이다.

백령도 약간 불안해 보이는 기색으로 내 왼쪽 소매를 살짝 잡았다.

──예상되는 적은 미지수. 아군은 숫자만 많고, 병참선에 불안이 있다.

의부님이나 서 장군이라면 모를까, 나에게 만을 넘는 군을 수족처럼 지휘할 능력은 없다.

그 점에서 옆에 있는 소녀는 장래 유망하지만 어디까지나 미래의 이야기다.

대국을 내다볼 수 있는 인재가…… 이른바 『군사』가 장씨 가문에 있었다면.

"척영 님."

손님에게 대응하고 있던 조하가 돌아왔다. 왼손에는 검은 고양이를, 오른손에는 서간을 들고 있다.

……불길한 예감.

그에 비해, 다갈색 머리칼의 시녀는 생글생글 웃는 표정으로 내밀었다.

"임경의 왕명령 님이 보내셨습니다."

"그, 그래. 고, 고마워."

"…………."

옆에서 풍기는 냉기에 목소리가 떨렸다. 백령은 명령이랑 견원지간이야.

받아서, 재빨리 읽었다.

──뭐라고?

"척영, 무슨 일인가요?"

"척영 님?"

내 표정이 변한 것을 보고, 백령과 조하가 물었다.

서간을 정성스레 접고, 단적으로 대답했다.

"시즈카 씨를 데리고 한 번 이쪽으로 온다고 하네. 명목은 방어용 물자 반입의 시찰과 나에게 보여주고 싶은 물건이 있나 봐. 그

리고. 이건 기밀 정보인데—— 묘당에서 최종 회의가 끝났다는
군. 황제 폐하께서 『서동 침공』의 교지를 내리셨어. 이제 무슨 일
이 있어도 멈출 수 없어."

"…………"

"……험난하겠군요."

백령은 내 왼쪽 소매를 강하게 쥐고, 평소에는 표홀한 조하도
표정을 찡그렸다.

……분명히 험난하다.

무시무시한 적국의 황제【백귀】아다이 다다가 이 소식을 들었
을 때, 대체 어떻게 나올지.

하늘을 우러러보자, 북쪽을 향해 거대한 흰 수리가 날아가는
것이 보였다.

*

"위대한【천랑】의 천자, 아다이 황제 폐하! 존안을 뵈어, 황송무
지하옵나이다. 『회랑』세우르 바토, 북방의 만족 놈들을 토멸하
고, 지금 귀환하였사옵니다!!!!"

현 제국 수도 『연경』.

임경에 비견되는 거대도시의 북쪽에 건설된 황궁. 그 가장 안
쪽에 만들어진 사적인 작은 뜰에 발랄한 목소리가 울려 퍼졌다.
작은 새들이 놀라 날아올랐다.

나—— 현 제국 황제 아다이 다다는, 나이가 스물넷에 지나지 않으면서도 『사랑』의 한 명으로 임명한 청년 무장을 달랬다.

"세우르. 그리 황송한 태도는 그만두거라. 여기에는 나와 너희들밖에 없다. 무사히 귀환한 것을 기쁘게 생각하노라. 앉아라."

"예!"

회색 머리칼과 장신으로 세상의 여자들이 가만두지 않을 미형이기도 한 세우르는, 싹싹한 태도로 내 앞의 의자에 앉았다. 회색 기조의 군장이 소리를 낸다.

긴 백발에 가녀린 몸을 가진, 여자 같은 용모의 나하고는 정반대로군.

내심 그런 생각을 매만지면서, 세우르 뒤에서 직립부동 하고 있는 대검을 등에 지고 흑발에 안광이 날카로운 거구의 무뚝뚝한 사내—— 현 제국 최강의 용사 【흑인(黑刃)】 기센에게도 앉으라 지시를 내렸다.

그러나 감사의 뜻을 눈으로 표하고 고사했다.

설령 황제의 명이라 해도, 죽은 상관의 아들인 세우르 바토의 부장 겸 후견인으로서 『호위』의 책임은 양보할 수 없다는 것인가?

나는 황궁에서도 대검을 허가하고 있는, 왼쪽 볼에 깊은 칼의 상처를 가진 완고한 용사를 좋게 생각하면서 청년 무장을 돌아보았다.

"구엔에 대해, 들었겠지?"

이름을 꺼내자, 가슴이 살짝 아팠다.

패하고 죽음을 맞이했다지만 『적랑』 구엔 규이는 진정한 충신이었다. 【서동】을 단기간에 속국화한 것은 놈의 공이다.

세우르가 가라앉은 목소리를 발했다.

"······예. 아직도 믿을 수가 없습니다. 설마하니, 그 남자가 전장에서 패하다니."

"나도 같은 마음이로다. 충의 외길이었던 탓일지도 모르겠어. ······아까운 자를 잃었다."

구엔은 맹장으로 알려져 있었지만, 대국을 보는 눈을 가졌다.

『경양에 고집하지 말고, 대하의 적군 후방을 찌르라.』

내가 명한 의미를 이해하지 못했을 리는 없으리라.

——그것을 어기고서라도, 쳐야 할 상대가 있었던 것이다.

청년 무장이 경외를 섞어 중얼거림을 흘렸다.

"역시, 장태람이 친 것일는지요······?"

"아니."

고개를 젓고, 어둠에 숨은 밀정 조직 『천호』에게 얻은 정보를 고했다.

"상대는 장태람의 딸과 아들이었다 한다. 이름은 장백령과 장척영. 나이는 열여섯."

세우르가 눈을 부릅뜨고, 장년의 남자는 살짝 눈을 가늘게 떴다.

믿을 수 없는 것이리라. 당초에는 나도 믿기가 어려웠다. 지당한 일이다.

구엔을 형처럼 따르던 청년 무장이 의자에서 벌떡 일어나 한쪽 무릎을 땅에 짚고, 두 주먹을 마주쳤다. 후방의 기센 또한 곧장 따랐다.

"폐하! 청이 있사옵니다. 신에게 경양 공략을 명해주소서! 제 대검으로 난적을 타파해 내겠사옵니다!!"

"세우르여. 너의 그 기개는 언제나 시원스럽고, 호감이 간다. ──허나."

나는 오늘 아침에 도착한 밀서의 내용을 떠올리고 씨익 웃었다.

"남방의 『쥐』에게서 소식이 왔구나. 놈들은 서동 침공을 정식으로 결정했다 하더군."

"뭣이! 허면, 장태람도……!"

7년 전, 전장에서 귀신 같은 분전을 보인 적장의 모습을 떠올렸다.

영 제국에서 진정 두려워해야 할 자는 그 사내와 장가군밖에 없다.

정면으로 싸울 필요는 없다. 『범』은 약화시켜 사냥하는 법이지.

나는 자리에서 일어서, 여자와도 같은 가녀린 손을 뻗었다.

"놈은 경양에 머무른다. 그리되도록 『공작』했다. 전장에 오는 것은 【봉익】과 【호아】 두 장수와 그들의 군. 그리고──."

햇살 속에서 작은 새가 날아와, 내 손에 머물렀다.

세우르가 감동한 표정으로 나를 보았다.

"숫자는 많으나, 태반이 전쟁을 모르는 『양』들이다. 우리의 적이 못 되지. 그럼에도 장태람이라는 『범』이 이끈다면 성가신 존재가 되었으리라. 몇 안 되는 영의 양장들과 함께, 여기서 가차없이 베어두도록 하자꾸나."

아아…… 장태람. 장태람이여.

너는 강하다. 영봉 정도는 아니라 해도 너무나 강하다. 영걸이라 할 수 있으리라.

그러나, 사람은 적뿐 아니라, 강대한 아군에게도 공포를 느끼는 어리석은 생물이야.

이기면 이길수록, 내가 남방 위제의 궁중에 조용히 뿌린 『독』이 퍼지겠지.

진퇴가 막혔을 때, 영봉과 달리 【천검】이 없는 너는…… 어찌할 것인가?

나는 눈을 감고, 엎드려 있는 청년 무장을 마주 보았다.

"『회랑』 세우르 바토."

"예!"

천하는 반드시 통일되어야 한다.

그것이 바로── 천년 뒤의 세상에 다시 생을 받은 나의 천명이니까.

"그대에게 명한다. 『회창기』를 이끌고 【서동】으로 가거라. 『천산(千算)』의 군사 하쇼의 지휘 아래, 불손하게도 내 우방을 유린하고자 하는 도적의 군을 섬멸하거라! 구엔은 환난신고를 견디며 그 나라로 가는 길을 정비하고, 남겨주었다. 대삼림과 칠곡산맥은 이미 우리를 막지 못한다."

"존명!!!!! 맹세코 전과를 올리겠사옵니다!!!!!"

얼굴을 붉게 물들이며, 세우르가 신형 흉갑을 두드렸다.

구엔의 부하가 가져온 전훈에 따르면, 서동제 금속 갑옷은 방어 성능이 뛰어나지만 기동성을 크게 떨어뜨린다고 했다. 그래서, 일단 각 장수들의 갑옷을 새롭게 시험 삼아 만들었다. 어지간한 무기에는 충분한 방어력을 기대할 수 있겠지.

──모든 것을 베어내는 【천검】은 아직 발견되지 않았으니.

문득, 구엔을 쳤다는 장태람의 딸과 아들 건이 뇌리를 스쳤다. 마침 잘 됐군.

작은 새를 하늘로 보내고, 나는 훈시를 내렸다.

"기개가 참으로 좋다. 그러나, 결단코 방심해선 안 된다?『전장에서 무슨 일이 일어날지는, 천제도 알 수 없다』. 황 제국 대장군 황영봉의 말을 잊지 말거라. 나는 천하통일을 이루는 그날까지, 두 번 다시『늑대』를 잃고 싶지는 않다. 그리고── 기센이여. 만약 장가군이 참진 했을 경우, 장태람의 딸과 아들도 나타날지 모른다. 그 경우, 놈들의 역량을 가늠하고, 쳐라. 범의 자식은 어릴 때 죽이는 게 좋아."

제2장

"척영 님! 발사 준비가 끝났습니다!!"

경양 서방에 펼쳐진 초원 지대에, 갑옷과 투구를 장비한 정파의 목소리가 울려 퍼졌다.

전방에는 네 엄니 코끼리를 모방한 투석기가 설치되고, 수십 명의 병사가 대기 중이다.

서동 침공이라는, 우울한 계획을 들은 지 며칠.

지난번 전쟁에서 노획한 서동제 투석기 한 대가 드디어 수복되어, 오늘 시험 사격을 할 예정이다.

또한, 보기 드물게 백령은 이 자리에 없었다.

일시적으로 최전선에 가신 의부님의 대리로 임경에서 오는 손님—— 왕명령을 맞이하기 위해 저택에 남았다. 그 녀석들, 싸우지는 않겠지?

나는 흑마 『절영』의 목을 쓰다듬어 마음을 진정시키고, 정파에게 말했다.

"알았어. 너희들도 고맙다."

이어서 병사들에게 위무의 말을 걸자, 삼삼오오 대답한다.

"괜찮습니다."

"우리들도 상당히 신경 쓰였으니까요."

"뭐, 도련님의 부탁이니까."

"그건 그렇다 치고."

"백령 님은 어디 계신 겁니까?"

"싸우기라도 했어요?!"

"얼른 사과를 하는 게 좋을걸요?"

이 자식들이.

"이봐…… 우리도 늘 하루 종일 같이 다니는 게 아니거든? 얼른 시험해 보자! 정파."

"예!"

청년 사관이 커다란 망치를 들자, 병사들은 말을 데리고 안전한 후방으로 물러났다.

투석기 발사대에 올라간 것은, 이 또한 노획한 둥근 금속구.

현 나라 녀석들은 쏘기 전에 구를 달군 모양이지만, 초원을 다 태워버릴 수는 없다. 사정거리와 위력을 파악할 수만 있어도 앞으로 싸우는데 도움이 될 거야.

나는 긴장하고 있는 정파에게 날카롭게 명했다.

"쏴라!"

그 순간── 청년 사관이 발사대를 지탱하고 있는 나무를 망치로 때렸다.

직후, 네 엄니 코끼리의 코를 모방한 발사대 상부가 반회전.

금속구는 포물선을 그리고,

『?!』

전방의 작은 언덕을 가볍게 뛰어넘어, 굉음과 함께 착탄했다. 흙먼지가 피어오른다.

정파와 병사들이 신음하고, 말들도 격렬하게 푸레질을 했다.

나도 상상 이상의 위력에 표정을 찌푸렸다.

"경양의 피해 상황을 봐서 대충 파악했다고 생각했었는데……
가까이 가서 확인한다. 정파랑 신경 쓰이는 녀석들은 따라와! 남
은 사람들은 제2사를 준비해라."

그렇게 말하고, 일절 동요하지 않은 애마에 타고 모두에게 명
했다.

서동제 병기의 위력에 경악하고 있던 정파가 제정신을 차리고,
나에게 외쳤다.

"처, 척영 님! 기, 기다려 주십시오!!"

청년 사관을 두고 애마를 질주시켰다. 흑발을 흔드는 바람이
기분 좋군.

점점 작은 언덕이 다가오는 가운데, 말을 달리는 소리.

"응?"

후방을 보자, 나에게 따라붙어 선두를 달리고 있는 것은 외투
를 걸치고 파란 모자를 쓴 소녀였다.

──잘못 볼 리가 없어. 파란 끈으로 가볍게 묶은 긴 금발과 오
른쪽 눈의 취안.

경양의 골목에서 만난 『유리』다.

"헤에……."

보통은 아닐 거라고 생각했지만, 정파나 숙련병보다 빠르다니
대단한걸.

감탄하면서 언덕을 넘어가, 말을 세우고 모두가 도착하길 기다

렸다.

따라온 소녀를 칭찬했다.

"제법인걸. 그래서? 어째서 네가 여기 있지?"

"의용병으로 응모했어──했습니다. 공병입니다."

익숙지 못한 존댓말의 대답이 돌아왔다.

만성적인 병력 부족에 시달리고 있는 장씨 가문은 언제나 병사를 모집하고 있다.

서동 침공이 가까운 가운데, 이 정도의 마술(馬術)에 더해 공병의 기술을 가지고 있으면 선택되는 것도 당연하지만, 위화감을 느꼈다.

……이 녀석은 전쟁을 싫어한다고 안 했던가?

내가 소녀에게 말을 걸려고 하는데, 정파가 가쁘게 숨을 쉬면서 따라왔다.

"허억허억허억…… 척영 님! 가, 갑자기, 말로 달려가지 마십시오. 당신에게 무슨 일이 있으면, 저는 장 장군과 백령 님을 뵐 낯이 없습니다!!"

말을 몰아와서, 청년 무장이 필사적으로 호소했다. 할아범이 나에게 잔소리를 할 때랑 판박이군.

그런 우리를 제쳐두고 소녀가 말을 몰아서, 착탄 지점에 다가갔다. 못 물어봤네.

"미안해. 미안하다고. 그렇게 화내지 마라. 자── 본론이다."

정파에게 사과하고, 나도 애마 위에서 착탄 지점을 보았다.

병사들이 들여다보는 그곳에 어른 남성이 가볍게 들어갈 정도의 커다란 구멍이 뚫려 있었다.

　마음에서 우러나온 외경을 정파가 흘렸다.

　"이것은 너무나도……."

　"그래."

　이런 물건이 대량으로 투입되면…….

　금발 소녀가 찾아온 병사들에게 말을 걸어 밧줄로 구멍의 깊이를 재는 걸 보면서, 나는 조용히 청년 무장에게 물었다.

　"포로 이야기로는 공성용 병기라고 하는데, 서동 본국에서는 방어용으로도 쓰이는 모양이더군. 금속 갑옷만 해도 성가신데……. 정파, 자세한 정보는 뭐가 들어와 있나?"

　전방에서 화기애애하게 작업하고 있는 병사들의 모습.

　……이 녀석들을 이국의 땅에서 죽게 둘 수는 없다. 정파가 침통한 표정이 되었다.

　"지난번 전쟁 이후로는 거의 들어오질 않습니다. 밀정이 일소된 것으로 생각됩니다. 장 장군이 가지고 계신 기밀 정보에 의지하게 될 것 같습니다……. 지난번 남자들은 보고한 대로, 서동에서 도망친 자들이었습니다."

　정보가…… 정확한 정보가 필요해.

　그렇잖아도 못 써먹을 침공 작전인데, 적의 정보마저 불명인 것은 지나치게 최악이다.

　의부님이라면 다소는 알고──.

　"수도 『난양(蘭陽)』뿐 아니라 각 도시에도 병기의 배치는 진행되고 있어……있습니다."

갑자기, 돌아온 유리가 대화에 끼어들었다. 손에는 붓과 두루마리를 들고 있었다.

나는 말머리를 돌리고 한쪽 눈을 감았다.

"나한테는 존댓말 안 써도 돼. 백령은 상담이 필요하지만. 병기 이야기, 정말인가?"

"……거짓말은 안 해. 수나 크기는 다르지만, 서동에서는 일반적인 병기야."

금발 소녀는 당황하여 눈을 깜박이고, 붓을 넣었다.

눈동자에는 분명한 자신이 깃들어 있었다. 거짓말은 아닌, 가.

정파가 다소 딱딱한 목소리로 의문을 표했다.

"어째서 그런 것을 알고 있지? 분명히…… 유리, 였던가?"

"나는 【서동】에서 자랐어. 그리고 『관찰』은 내 습관. ……안 좋아?"

"".............""

나와 정파는 무심코 마주 보았다.

설마, 이렇게 가까이 적지의 귀중한 『정보』를 가진 사람이 있었다니!

그에 더해, 이 녀석의 『관찰안』──명백하게 보통 사람하고는 다르다.

보통 사람은 병기의 수나 크기 따위 전혀 신경 안 쓴다.

그러고 보니, 영풍 녀석도 이런 습관이 있었지.

벗의 특기를 떠올리고, 나는 기분이 좋아지면서 소녀에게 말을 걸었다.

"귀중한 정보, 감사한다. 그리고 미안하지만—— 또 하나 알려 줘. 아아, 이건 네 직감이라도 상관 없어."

"……뭔데?"

두루마리를 안장에 묶은 가죽 주머니에 넣고, 소녀는 경계를 드러내며 가려지지 않은 오른쪽 눈을 가늘게 떴다.

나는 그런 태도를 신경 쓰지 않고, 착탄 지점을 가리켰다.

"이게 야전에서 사용될 가능성, 있다고 생각하나?"

"…………"

소녀는 바람에 나부끼는 금빛 앞머리를 눌렀다.

나와 분명하게 두 눈을 마주치고—— 조용히 자신의 생각을 가르쳐 주었다.

그곳에서 왕명령이나 장백령에 필적하거나, 그 이상의 지성이 반짝였다.

"부정할 수 없어. 사서에 기록된 예는 적지만…… 0은 아니야. 고대의【쌍성】과 싸운 업(業) 나라의【아랑(餓狼)】이 유명하네. 대군을 이용해 운반하는 건 결코 불가능하지 않고, 무엇보다 현 나라 군은 한 번 경양에 가져왔잖아? 두 번째가 없다고 누가 말할 수 있어?"

내심 혀를 내둘렀다. 듣고 보니 분명히 그렇다.

전생의 나랑 영풍이 온갖 고생을 한 장수는 야전에서 투석기를 이용해 혼란을 일으켰다.

……고대의 고사를 술술 논한다. 이 녀석은 대체 정체가 뭐지?

나는 수수께끼 많은 소녀의 정체에 의문을 느끼면서, 가볍게 고개를 숙였다.

"그렇구만…… 고마워. 참고가 됐다. 또 여러모로 가르쳐줘. 마술 실력도 대단하네. 백령을 소개하고 싶은데, 우리 저택에 와 줄래?"

"──제2사를 도와야 하니, 이만 실례합니다."

소녀가 괜히 존댓말로 되돌리더니, 말을 달려 돌아가 버렸다. 정파에게 눈짓.

청년 무장은 품에서 이름과 간단한 정보가 기록된 장부를 꺼내, 종이를 넘겼다.

말을 달리는 소리가 희미하게 들린다.

"저자는, 최근 의용병에 응모한 자입니다. 나이는 열다섯. 마술뿐 아니라 궁술도 우수했습니다만…… 저 정도의 견식을 가지고 있다니. 뭔가 신경 쓰이는 점이 있으십니까?"

"조금. 백령한테 붙여줘."

"알겠습니다."

"그리고."

나는 자신을 납득시키고, 은화가 들어 있는 작은 가죽 주머니를 정파에게 떠넘겼다.

놀라는 성실한 남자의 어깨를 두드렸다.

"오늘은 수고했다. 이제 그만 돌아가지 않으면 혼자서 손님을 상대하고 있는 백령이 화낼 테니까, 나는 먼저 돌아가지. 앞으로 몇 번 더 시험하고 철수, 그다음에는 병사들한테 맛있는 밥이랑 술을 대접해줘. 물론── 너도다. 자세한 보고는 내일 해도 된다."

"예! 감사합니다!!"

알기 쉽게 감동하면서, 정파가 훌륭하게 경례했다.

병사들을 통솔하여 투석기로 돌아갔다. 몇 개월 전하고는 딴판이군.

"어머나, 척영 님♪ 어른이 되셨네요."

교대하여, 말을 몰아 달려온 다갈색 머리칼의 시녀── 조하가 말에 탄 채 생글생글 웃는 표정으로 나를 칭찬해 주었다.

나는 입가에 오른손 검지를 두었다.

"백령한테는 비밀이다? 들키면 지갑까지 관리하려고 들 거야. 그래서, 무슨 일이야? 네가 이런 곳까지 오다니 드문 일── 저, 정파아~. 나, 나도 같이이~."

나는 긴급 사태── 장백령과 왕명령의 격돌을 환시하고, 방금 전까지 있던 청년 무장을 황급히 불러 세우려 했다.

"우후후~ 척영 니임? 놓치지 않아요."

훌쩍 말을 몰아 다가온 시녀가 오른팔 관절을 꺾었다.

장씨 가문을 섬기는 자는 다들 뭔가 무예를 갈고 닦는다.

하물며, 백령 전속 시녀인 조하쯤 되면…… 필사적으로 저항했지만 전혀 안 움직인다.

"이, 이거 놔! 놔줘, 조하! 평생 소원이다!! 나는 수수께끼의 금발 소녀를 꾀고, 병사들과 친목을 다진다는 중요한 임무가──."

"방금 전에, 임경에서 왕명령 님과 종자 시즈카 님이 도착하셨습니다. 이것이, 백령 아가씨와 명령 아가씨의 서찰입니다."

다갈색 머리칼의 시녀가 공손하게 종이를 내밀었다.

나는 정말 싫지만 그것을 받아, 들여다보았다.

『얼른 돌아오세요.』

『서방님! 와 버렸습니다아.』

……우엑.

차갑게 화내는 백령과 참 기뻐 보이는 명령, 정반대의 소녀들 얼굴이 뇌리에 떠올라, 머리를 감싸고 싶어졌다.

조하가 양손을 마주치고 재촉했다.

"척영 님. 사람은 맞서 싸워야 할 때가 있는 법이오니. 어서 요★"

"…………네."

어깨를 늘어뜨리고, 힘없이 수긍했다.

애마가 나를 격려하듯 울었다.

*

"그~러~니~까~아~! 어째서 당신이 그 검을 가지고 있는 건가요!! 그건 제가 찾아낸 겁니다?! 얼른 돌려주세요!"

"거절합니다. 이 검은 척영이 나에게 맡긴 물건이니까요."

""큭!!""

장씨 가문 저택의 안뜰에서 내가 본 것은, 둥근 탁자 앞에서 말다툼을 하며 서로 노려보는 미소녀들이었다.

한 명은 모자 밑으로 보이는 두 갈래로 묶은 밤색 머리칼이고,

주황색 기조의 옷을 입고 있었다. 상대하는 소녀와 비교하면 키는 작지만, 두 언덕은 풍만하다.

또 한 명은 긴 은발을 붉은색 끈으로 묶어 올린 창안. 예복을 입고, 【백성】을 허리에 차고, 눈동자에는 맹렬한 눈보라가 휘몰아치고 있었다.

소녀들 등 뒤에 맹렬한 용호가 보이는 건 환각인가.

다름 아닌── 왕명령과 장백령이다.

"……………."

이건 무리군. 응. 무리야 무리라고.

나는 즉시 후퇴를 선택하고, 저택에 돌아가고자 발을 돌렸다.

기린아는 건드리지 않으면 해가 없다. 질 게 빤한 전쟁에 돌진하는 바보가 어디 있단 말인가? 내 방에서 가져온 명령에 대한 감사 표시는 나중에 건네면 되지.

"척영 님. 그러면 부탁 드립니다."

그런 내 앞을, 긴 흑발에 흑백 기조의 옷을 입은 미녀── 명령의 종자인 시즈카 씨가 막아 섰다. 조하도 입가에 손을 대고서 벙글벙글 웃고 있다. 큭!

나는 백령과 명령에게 들리지 않도록, 작은 소리로 애원했다.

"시, 시즈카 씨, 저 자리에 가는 건 아무리 그래도…… 모, 목숨이, 목숨이!"

"괜찮사옵니다."

"저희들은 차를 내올 테니까, 자자 어서요~."

"우우우……."

가볍게 밀어붙인다. 나는 터벅터벅 안뜰에 발을 들였다.

한 걸음 한 걸음 나아갈 때마다 몸이 떨린다. 아아! 어째서 내가 이런 꼴을!!

발소리를 깨달은 것이리라.

노려보고 있던 두 미소녀가 깨닫고, 단정한 얼굴을 동시에 돌렸다.

""………….""

"아~…… 다, 다녀왔어?"

기가 죽으면서도, 왼손을 들었다.

그러자 은발 소녀가 다가와서 내 등 뒤로 돌아가더니, 고개를 내밀고 요구했다.

"척영. 이 고집불통에게 말해주세요. 『【백성】은 장척영이 장백령에게 준 물건이다』라고. 자, 어! 서! 요!"

"지, 진정해. 아무리 사람을 물렸어도, 네 목소리는 잘 울리거든?"

"우~."

백령은 불만스럽게 신음하고, 입술을 삐죽거렸다.

어지간히 불만스러웠는지, 『장씨 가문 영애』의 표정이 떨어져 나갈 참이군.

내가 양손으로 은발 미소녀를 밀어내자, 진지한 음색으로 이름을 부르는 목소리.

"척영 님."

""?""

돌아보자 양손을 마주 댄 명령이, 깊숙하게 고개를 숙이고 있었다.

범상치 않은 분위기에 무심코 나와 백령이 등을 쭉 폈다.

"지난 전쟁에서 활약하신 것, 들어 알고 있습니다. 현 제국의 맹장『적랑』을 치신 것, 늦게나마 진심으로 경하드립니다. ……그러나, 무엇보다도."

소녀는 천천히 고개를 들었다.

눈동자가 촉촉해지고, 강한 걱정이 보였다.

"당신께서 무사하신 것이 정말로 다행입니다. ……이제, 부상은 괜찮으신 건가요? 주변 사람들을 배려해서, 무리를 하시는 건 아니신지요??"

"어, 어어. 이렇게, 이제 완전히 나았어. 걱정을 끼친 모양이네……. 미안. 편지에 적었지만 의부님들을 데리고 와준 것, 정말로 살았다. 고마워."

다소 가슴이 뛰면서도 나는 왼손을 흔들어 솔직하게 사과하는 것과 동시에, 감사 인사도 했다.

이 한 살 연상의 소녀가, 임경에 머무르고 있던 의부님과 정예 부대를 경양까지 바람에 좌우되지 않는 외륜선으로 날라주지 않았다면, 지금쯤 어찌 되었을지…….

명령은 포근한 미소를 지었다.

"아뇨. 도움이 되었으니 기쁩니다. 아── 그렇죠. 조금 말씀드리고 싶은 것과 상담하고 싶은 것이 있습니다. 이쪽으로."

"응? 무슨 일인데??"

"…………."

고개를 갸웃거리며, 나는 연상의 소녀에게 다가갔다. 백령이 노려보지만 나중이다.

나와 명령은 상당한 신장 차이가 있으니까, 조금 무릎을 굽히자──.

"에헤헤~♪ 척~영~니~임~☆"

힘차게 명령이 끌어안았다.

그 바람에 소녀의 모자가 날아가고, 하늘 높이 날았다.

"우옷?!"

"물러요!"

방심하고 있던 나와 달랐던 백령이 막아서서, 명령을 옆구리에 끼었다.

그리고, 물 흐르듯 자연스러운 동작으로 가까운 긴 의자에 던져 버렸다.

"우그."

부드럽고 커다란 베개에 얼굴과 작은 몸이 파묻힌 소녀가, 이상한 소리를 냈다.

백령이 눈을 가늘게 뜨고, 차갑게 나를 탓했다.

"방심은 금물!"

……불가항력인 것 같은데.

볼을 긁적이고 있는데 명령이 확 고개를 들고, 분한 기색으로 버둥거렸다.

"큭…… 완전히 틈을 찔렀다고 생각했는데에~! 거기 냉정한 척 꾸미고 있지만, 사실은 척영 님을 독점하고 싶다고 생각하는 아가 씨! 나를 방해하지 마세요!! 당신은 계~속 독점하고 있었으니까, 끌어안는 것 정도는 괜찮지 않나요!!!!! 닳는 것도 아니고~."

방금 전까지의 총명한 왕명령은 어디 갔지……?

약간 기가 막히고 있는데, 백령이 팔짱을 끼었다.

"착각이 심하군요. 요구는 당연히 기각합니다."

"우우~!"

명령은 소리를 내며 베개를 끌어안고, 삐친 표정을 지었다.

……이렇게 보면 연상으로는 안 보인단 말이지. 쓴웃음을 짓고, 백령에게 한쪽 눈을 감았다.

그러자, 소꿉친구 소녀는 납득을 하면서도 불만을 드러냈다.

"……어쨌든."

"?"

내려온 모자를 손으로 잡아, 밤색 머리칼의 소녀에게 씌워주었다.

커다란 눈동자를 들여다보며, 씨익.

"잘 왔어. 이번에는 대운하에서 수적이랑 만나지 않았나 보군."

"──네♪"

희미하게 물든 볼에 양손을 대고, 명령이 수줍게 웃었다.

그것을 보고 백령은 보란 듯이 은발을 떨쳐내며, 나에게 고했다.

"잠깐 자리를 비웁니다. ……거기 있는 왕명령 씨에게 보여주고 싶은 것이 있어요. 제가 없다고 해서, 이상한 짓을 하면 안 됩니다?"

"하, 할 것 같냐!"

"에?! 안 하는 건가요?"

"…………."

대조적인 반응을 보이는 우리들을 무시하고, 백령은 저택으로 돌아갔다.

『명령에게 보여주고 싶은 것』이라……. 대체 뭘까?

가까운 의자에 앉아, 나는 명령에게 깊이 고개를 숙였다.

"새삼스럽지만── 의부님과 백령을 배로 날라준 것, 진심으로 감사한다. 네가 결단해주지 않았다면 경양은 틀림없이 함락됐어."

"미래의 서방님을 돕는 것은 아내의 의무입니다. 신경 쓰지 마세요."

예쁜 웃음에, 한심하게도 가슴이 쿵쾅 뛰었다. 때때로 어른스러운 표정을 짓는구나.

그런 나의 내심을 눈치 못 채고, 소녀는 볼을 부풀렸다.

"하~지~마~안?【천검】에 대한 건 별개입니다! ……척영 님."

"어, 어어?"

전장에서도 흔치 않은 압력을 느끼고, 나는 주춤거렸다.

분위기를 읽지 않고, 가까운 수풀에서 검은 고양이가 나와 내 무릎 위에 뛰어올라 몸을 동그랗게 말았다.

명령은 그런 고양이를 한순간 부러운 눈으로 본 다음, 작은 손을 쥐고서 주장했다.

"당신께서는 임경에서 저한테 말씀하셨습니다. 『【천검】을 찾아오면, 혼인도 생각한다』라고. 저는 약속을 지켰습니다! 분명히 발견했어요!! 다음은 척영 님 차례입니다!!!!!"

분명히 말했다. 기억하고 있다.

사서에서 사라진 물건을 찾아내다니. 왕명령, 무서운 아이!

검은 칼집을 만지면서, 한심스러운 변명을 말했다.

"내가 가지고 있는 건 보이는 것처럼 한 자루뿐이거든? 【흑성】과 【백성】이 모여야 【천검】이야. 시즈카 씨도 뽑지 못했는데 진짜인지 알 수도 없잖아?"

"으으윽! 아픈 구석을!! ……어째서 검명을 아시죠? 시즈카도 신기하게 생각했어요."

"의부님이 가진 서적에서 읽었지."

"……우~."

명령은 외견에 안 어울리는 풍만한 가슴을 누르고, 풀썩 드러누웠다. 검명에 대한 건 거짓말이다.

베개를 끌어안으며, 어린아이처럼 토라진다.

"……척영 님은 심술 궂어요. ……극악인이에요. ……저는, 이렇~게나, 언제나 당신을 생각하고 있는데……. 빚을 만들면 조금 성가신 자칭 선낭한테도 고개를 숙이고, 수많은 서적을 뒤져서 찾아냈는데…… 낚은 생선은 먹이를 주지 않는 거군요."

아무리 내가 둔감해도 알 수 있는 서투른 어리광. 이 녀석도 난처한 아가씨야.

……『자칭 선낭』이라. 요즘 시대에도 있는 건가?

나는 천 주머니에서 작은 상자를 꺼내, 둥근 탁상에 놓았다.

명령이 상반신을 일으키고, 흥미로 눈동자가 커졌다.

"? 그건 뭔가요??"

"집어서 열어봐."

"네~에♪"

연상의 소녀는 힘차게 왼손을 들고, 서둘러서 상자를 집었다.

신중하게 끈을 풀고, 알맹이를 꺼냈다.

"──예뻐라."

문양이 새겨진 유리잔이 빛을 반사하여 그림자를 만들었다. 검은 고양이가 눈을 뜨고 요구하길래 배를 쓰다듬었다.

"백골 사막을 넘어간 곳의 국가에서 만들어진 나도 애용하는 물건이야. 왕씨 가문의 후계자라면 금방 구할 수 있을지도 모르지만…… 개인적인 답례다. 괜찮다면 받아줘. 맛있는 개복숭아 술도 준비했어. 오늘 밤에 다 같이 마시자."

바람이 불어, 연상 소녀의 머리칼을 살랑 흔들었다.

명령은 잠시 잔을 바라보고, 작은 상자에 소중하게 넣더니 내 앞으로 왔다.

"……방금 한 말을 취소합니다."

"?"

나는 고양이를 쓰다듬고 있던 손을 멈추었다. ……역시, 조금 더 물건을 골랐어야 했나?

후회하고 있는데, 명령이 모자를 벗어 자기 입가를 덮어 가렸다.

볼이 새빨갛게 물들고, 좌우로 몸을 흔들었다.

"머, 먹이는 말이죠……. 조, 조금씩 주지 않으면 곤란해요. 가, 갑자기, 이런 일을 하시면, 시, 심장이 말이죠…… 척영 님 바보! 너무 좋아요!!!!!"

"그~게…… 고마워?"

"그, 그럴 때는 솔직하게 받아주세요! 정말!! 정말이지, 정말정말!!!"

모자를 든 채 명령은 내 의자에 억지로 앉더니, 어깨를 딱 붙였다.

고양이가 놀랐지만, 다시 동그랗게 몸을 말았다. 『해가 없다』라고 판단한 거군.

나는 기분 좋은 소녀에게 쓴웃음을 지었다.

"너 말이야……. 뭐, 괜찮으면 써줘."

"네. 평생의 보물로 삼을게요♪"

소녀는 기쁜 기색으로 두 다리를 훌훌 흔들면서, 크게 고개를 끄덕였다.

『장씨 가문』으로서의 답례는 의부님이랑 잘 상담을 해야겠어──.

"……뭘, 하고 있는 건가요……?"

내가 가까운 장래의 사안을 생각하고 있는데, 엄동설한 같은 중얼거림이 귓가에 울렸다.

돌아보기 싫다. 그렇지만, 봐야 한다…….

천천히 시선을 돌리고── 격렬하게 후회했다.

"배, 백령?! 이, 이건 말이지……."

"에헤헤~♪ 서방니임~☆"

극한의 시선을 신경 쓰지 않고, 명령은 격렬하게 동요하고 있는 내 왼팔에 달라붙어, 허리의【흑성】을 매만졌다.

"바, 바보야──."

"(이 검을 찾아낸 선낭이라 자칭하는 아이. 여러 가지 일이 있어서 전쟁은 대단히 싫어하는 모양이지만, 군략은 대단히 뛰어납니다. 서동에서 자랐다고 듣기도 했으니, 기회가 있다면 소개할게요.『보여드리고 싶은 것』도 사실은 그 애가 더 잘 알아요. ……【현】의 황제도 그【천검】을 찾고 있다는 소문이 있습니다.)"

"?!"

내가 말을 잃고, 빤히 연상의 소녀를 보았다.

……아다이 다다가【천검】을 찾고 있어? 어째서지?

그리고『군략이 뛰어나며 서동에서 자란 자칭 선낭』?

파란 모자를 쓴 금발로 왼쪽 눈을 가리고 있는 소녀의 얼굴이 떠오르고── 가녀린 손이 뻗어 명령을 억지로 떼어내, 긴 의자에 던져 무산됐다.

"꺄앙!"

"…………."

분노한 백령은 의자에 앉아, 내가 선물한 나전 세공의 작은 상자를 소중하게 꺼내 열었다.

안에 들어 있는 것은 내가 지금까지 선물한 머리끈과 소품들이다.

은발 소녀가 생긋 웃었다.

"자── 이야기를 재개할까요. 왕명령. 격의 차이를 가르쳐 주겠어요."

"후후후훗⋯⋯."

명령이 의자에 고쳐 앉아, 다리를 꼬고 턱을 괴었다.

우와⋯⋯ 악덕 상인의 표정이야.

"방금 전의 상황을 보고서도, 승산이 있다고 생각하나요? 용감한 사람은 싫어하지 않습니다. ──그러나! 제 승리는 흔들리지 않아요!! 보세요, 이 유리잔을!!! 척영 님이 한 쌍이 되는 것을 저에게 선물해 주셨습니다!!!!!"

백령이 승리를 뽐내고, 긴 다리를 꼬았다. 적군을 몰아붙이는 장군의 표정이군.

"⋯⋯훗. 뭔가 했더니, 어차피 그 정도인가요?"

"뭐, 뭐라고요?!"

⋯⋯무서워. 이럴 때는 도망치는 게 제일이다. 나는 검은 고양이를 끌어안았다.

"아~⋯⋯나는 이쯤에서."

""당신은 움직이지 마세요!!""

"⋯⋯네."

두 미소녀의 명령으로, 다시 앉았다.

⋯⋯나는, 나는⋯⋯ 무력하다⋯⋯.

그다음──『지금까지 나에게 어떤 선물을 받았는가』,『임경에
머무를 때 어떤 장소에 함께 갔는가』라는 소녀들의 폭로전은, 시
즈카 씨와 조하가 차를 가져와 준 다음에도 계속 이어졌다.

　──때때로 수치심으로 사람은 죽는다.

　그러니까, 온갖 말을 나눈 끝에, 저녁을 먹으러 저택으로 돌아
가는 두 사람의 등을 배웅한 다음, 내가 둥근 탁자에 푹 쓰러진
것은 어쩔 수 없는 일이다.

　저 두 사람, 누가 뭐래도 사이가 좋은 거 아냐?

＊

　"역시 납득이 안 가요. 어째서, 왕명령 씨를 경양으로 부른 건
가요? 아버님."

　야반의 집무실에서, 머리를 풀고 잠옷 차림인 백령의 날카로운
물음이 반향했다.

　등잔의 불빛이 흔들려, 우리들의 그림자가 움직였다.

　의부님이 붓을 벼루에 놓았다. 저녁 식사에 입욕까지 마쳤을
텐데 군장이다.

　"백령아. 그리 큰 소리를 내지 말거라. 폐가 되지 않느냐."

　"…………죄송, 합니다."

　마지못한 기색으로, 소녀가 사과하고 말을 기다렸다.

　눈가를 누르고, 의부님이 단호한 어조로 설명했다.

"나는 곧『백봉성』으로 돌아가야 한다. 그러나, 경양과 서방 지대의 방어 강화가 긴급한 과제라는 것은 명백하지. 그 자재 조달을 원활하게 진행하기 위해, 명령 공의 지휘가 필요하다고 판단했다.『왕씨 가문』에서도 승낙을 받았어. 이것은 결정 사항이다. 서동 침공이 시작된 뒤에는, 너희들에 대한 병참 유지에도 힘을 쏟아줄 것이야."

"".............""

나와 백령은 입을 다물었다. 일리가 있는 정도가 아니라 여유 있게 십리는 있다.

방어 태세의 강화와 재구축은 절대적이고, 시간적인 여유도 부족하다.

덧붙이자면── 이번 침공에서, 백령과 내가 이끄는 부대의 물자는 자체조달이라고 들었다.

물론 총지휘관 나리의 심술이지만,【서동】에도 대하의 지류는 많이 흐르고 있으니 나룻배를 원활하게 이용하면 말이나 노새 따위보다도 훨씬 병참면에서 편해진다.

명령이 그것에 관여해준다면, 가장 큰 걱정거리가 어느 정도 해소된다.

그 연상의 소녀에게는 그만한 역량이 있다. 나는 이름을 불렀다.

"백령."

"……실례하겠습니다."

은발의 소녀가 고개를 들고, 방을 나가 버렸다.

이해는 해도, 감정면에서 납득을 못한다는, 건가. 의부님이 깊게 탄식했다.

"······난처하구나. 척영, 미안하다만."

"나중에 이야기를 해두겠습니다. 저 녀석도 알고는 있습니다. 명령이랑 같이, 온천에도 들어갔었으니까요."

꼬맹이 때부터 종종 저택을 빠져나가 경양을 돌아다닌 나와 달리, 백령은 보이는 그대로 성실하다. 같은 또래이며 동성인 친구가 거의 없다.

온실 속에서 자란 명령도 그건 마찬가지인지, 시즈카 씨가『아가씨는 저래 보여도 기뻐하고 계십니다만······ 서투른 분이라』라고 몰래 가르쳐 주었다.

그 두 사람, 어떤 의미로는 닮았다니까.

나는 목소리를 낮추고, 의부님에게 물었다.

"다시 드리는 말씀입니다만, 도저히······ 침공을 피할 수 없는 겁니까?"

"······그래."

달이 구름에 가려, 실내가 한 단계 어두워지고, 어둠이 짙어졌다.

장태람은 눈을 감고서, 견디는 것처럼 토해냈다.

"임경의 누님에게서 방금, 편지가 왔다. 황제 폐하의 교지가 내려오고, 군의 편성이 정식으로 개시됐다. 순차적으로——『안암』으로 행군이 시작될 게다. 최종적인 작전 목적은『【서동】에 대한 징벌』이라는 애매한 것이다. 어디까지 침공할지도 정해지지 않았어. 총지휘관 나리는 수도인『난양』까지 밀고 들어갈 생각인 듯하다만."

명확한 작전 목적조차 없고, 대체할 수 없는 비장의 군을 전장에 투입한다.

영풍과 함께 전장을 질주하던 무렵, 분명히 무리난제를 떠넘기긴 했지만…… 이토록 어리석은 작전에 참가한 기억은 없다.

【아랑】을 쳤을 때처럼 승산이 낮은 도박이야 몇 번이고 있었지만.

의부님이 굵직한 팔로 팔짱을 끼었다.

"병사의 수나 지휘관은 지난번에 들은 그대로다. 선봉은【봉익】서수봉과【호아】우상호. 이끄는 것은 남군, 서군의 최정예가 각각 2만 5천. 이어서 금군 10만을 황북작(黃北雀)이 이끌고, 총지휘관은 부재상 임충도. 작전 목적은 이해 불능이지만 놈의 야망이라면 알 수 있지. 전공을 세워『왕』의 칭호를 받을 셈일 게다. 그리되면, 노재상 각하마저 아무것도 못 하리라."

부재상의 딸은 황제의 애첩── 요컨대 외척이다.

지금도 권세를 얻고 있는데, 더, 더, 가지고 싶은 것인가?

천 년 전에도 이런 이야기는 흔히 있었다. 사람은 변하지 않는다.

가혹한 현실 앞에서, 나는 토해냈다.

"부재상 각하가 내정에 수완을 발휘한 것은, 저도 들었습니다. 그렇지만, 애당초 문관 아닙니까? 서 장군도 염려하고 있었지만, 대군의 지휘는……."

"도저히 못하겠지. 욕심을 부리면 지독한 전쟁이 될 거다. 노재상 각하도 강하게 우려하고 계신다."

제국을 지탱해온 노신(老臣)과 권력을 바라는 우자(愚者)의 다툼.

임경 땅에서 나와 백령이 조우한 노재상의 친족마저 『권력』이라는 마력에 사로잡혀 있었다.

어두운 마음을 떨쳐내고, 나는 화제를 의도적으로 바꾸었다.

"낮에, 그 투석기를 시험해 봤습니다."

"그래…… 네가 보기엔 어떻더냐?"

의부님도 흥미를 가지고 턱수염을 쓰다듬었다.

서로 알고 있어도, 말하지 못하는 것이 있다.

"그것이 대량으로 설치된 성을 공격하는 것은 사양하고 싶어요. 한 번 쏘아 대면, 손 쓸 도리가 없습니다. 대열에 제대로 맞기라도 하면……."

말없이 그저 양손을 펼쳤다.

금속구는 경양의 견고한 성문마저도 분쇄했다. 직격하면 목숨은 없다.

의부님이 깊게 수긍했다.

"보고서를 정리해다오. 서둘러 임경으로 보내지. 부재상이 읽을 것 같지는 않다마는, 수봉과 상호에게는 도움이 될 것이야."

"내일, 명령이 가져온『【서동】에서 시험 삼아 제작됐지만 개발이 포기된 신병기』의 실험을 모의전 하기 전에 할 겁니다. 그것과 아울러서 정리할 생각입니다. ……백령과 명령이 삐칠 것 같습니다만."

나를 탓할 때만 결탁하는 소녀들을 돌이켜 보았다.

항변을 하고자 해도, 장백령과 왕명령은 머리가 좋다. 괴로운 싸움이 되겠어…….

오늘 밤 처음으로, 의부님이 웃음을 지었다.

"달이 없는 밤길을 조심하거라. 명령 공은 몰라도, 백령은 죽은 내 처를 많이 닮았어."

"의부님. 장난이 아니라니까요!"

백령은 나에게 좋게든 나쁘게든 사양이 없다. 명령도 아마…….

몸을 떨고, 침공에 대한 이야기로 돌아왔다.

"적의 정보는 판명되었습니까? 상당수의 밀정이 잡혔다고 하던데."

"사실이다. 고생은 했다만, 길은 하나가 아니지."

의부님의 눈동자에 끝 모를 지성이 보였다.

【영】이 자랑하는 명장은 정보의 중요성을 누구보다도 이해하고 있다.

"현재, 서동에 현 나라의 대군은 없는 것 같다만── 이미『연경』에서『사랑』 중 하나인『회랑(灰狼)』이 군을 이끌고 출발했다. 행선지는 남서. 칠곡산맥을 넘을 셈이겠지."

『적랑』구엔 규이는 인적미답의 땅을 개척하여, 군로를 남겼다.

놈을 쳐도 동격의 장수가 그것을 사용해 위협은 계속된다.

암담한 마음을 품고 있는데, 의부님이 말을 이었다.

"덧붙여서──『난양』에는 의문의 군사(軍師)『천산(千算)』이 있다고 하더군."

생각지 못한 말에, 나는 어안이 벙벙했다.

"……군사, 인가요?"

황 제국『대승상』왕영풍은, 그 지위에 이르기 전까지『군사』를 칭하고 있었다.

황영봉이 전장에서 대치한 적장 중에도, 그렇게 칭하는 자가 있기는 있었다.

그러나…… 요즘 시대에, 그런 지위는 완전히 쇠락해 버렸다.

의부님이 턱에 손을 대었다.

"이름도 일족도 도무지 알 수 없는 남자다. 7년 정도 전에 아다이의 막하에 들어갔다 한다만…… 활동을 한 것은 북방이었다고 하더군. 나도 직접 대치한 적이 없다.『적랑』이 전사한 뒤, 서동의 군무와 정무를 다스리고 있다 한다."

"군의 차석 1위인 노원수를 제쳐두고, 말인가요?"

다시 말해서…… 그 이름도 모르는 적 군사는, 일국을 맡길 수 있을 만큼 아다이에게 두터운 신뢰를 받고 있다?

의부님이 책상 위에 서간을 펼쳤다. 표정이 전에 없이 삼엄하다.

"너희들에겐 가능한 병사를 주고 싶다. 그리 생각했다만…… 또 참견이 들어왔다."

내용을 재빨리 읽었다. 말미에 붉은『용』의 진인.

나는 이마를 누르고 숨을 내쉬었다.

"『**병참부대의 호위로 천, 그 이상의 파견은 경양 방어를 위해 인정하지 않는다**』인가요."

"아무래도, 나는 미움 받는 모양이구나."

명장은 자조하고, 일어섰다. 등을 보이며, 창밖을 우러러보았다.

그 커다란 등이—— 희미하게 떨리고 있었다.

"……이의를 제기하고자 해도, 작전서에는 폐하의 진인이 찍혀버렸다. 일이 여기까지 이르게 되면, 뒤집을 수가 없어. 참으로…… 참으로 미안하다만."

"괜찮습니다. 어떻게든 할게요."

나는 말을 가로막고, 가능한 가벼운 어조로 대답했다.

"이 상황에서 대하에 있는 군을 함부로 움직일 수는 없어요. 놈들의 병력을 생각할 때, 2방면 동시 작전도 쉽사리 가능합니다. 그 점에서 임경의 판단은 옳지 않을까요?"

"그럴지도 모른다. 그러나, 그렇다마는, 척영아."

자신의 입장—— 패배가 망국을 부르는 것을 잘 알고 있는 의부님이 표정을 찡그렸다.

그저 백령과 내 몸을 염려하는 것이다.

손을 들어, 굳이 사납게 웃었다.

"그리고—— 작전안에 표기되어 있는 것은 병사들의 숫자뿐이지,『병종』은 없으니까요."

"!"

의부님이 내 말을 듣고, 즉시 이해의 색을 띠었다.

서간을 접어 탁상에 넣고, 명했다.

"알았다. 필요한 인원과 물건이 있다면 곧장 말하거라."

"감사합니다.『사람』에 대해서는, 조금 신경 쓰이는 녀석이 있으니…… 설득해볼 생각입니다."

방 밖에서 희미한 소리가 들렸다. 그 녀석, 돌아왔군.

몸가짐을 가다듬고, 의부님에게 고개를 숙였다.

"그러면, 실례합니다."

"······너한테는 고생을 끼치는구나. 부디 부탁한다."

복도로 나와 조금 걸어가자, 백령이 돌기둥에 등을 기대고 있었다.

나를 발견하고 입술을 삐죽이더니, 삐친다.

"······늦었네요."

"그래? 의부님은 자식 걱정이 많으니까. 돌아가자."

그대로 복도를 나아가자, 백령도 순순히 뒤를 따라왔다.

달빛이 쏟아지는 가운데, 나는 말을 걸었다.

"백령."

"네."

멈춰서 돌아보았다.

소녀는 이렇게 될 것을 알고 있었는지, 내 말을 기다리고 있었다.

"기병을 선발한다. 목표는 기마 사격이 가능한 병사 천."

"알겠어요."

간단히 수긍. 그것에 의문의 색은 전무했다.

반대해도 곤란하지만······.

"아니, 조금은 이유를 안 물어봐?"

"파견병의 수가 한정된 거죠? 난전이 상정되는 이상, 기동력이 뛰어나고, 여차할 때 움직일 수 있는 기병을 주력으로, 더욱 말하자면…… 저와 병사들이 도망치기 쉽도록. 아닌가요?"

왼쪽 볼을 긁적이고, 눈길을 돌렸다.

──10년 전, 이 장백령은 내 목숨을 구했다.

장가군의 참진이 정해진 이상, 아무리 못 써먹을 작전이라
도…… 이 녀석을 죽게 만들 수는 없다. 그것만은 절대 안 된다.

대답하지 않고, 예정을 설명했다.

"전군의 『안암』 집결까지 다소 시간이 있어. 내일부터는 선발과
맹특훈이다. 그 유리란 녀석한테도 종군을 부탁하고 싶어. 오늘
밤은 얼른 자고──."

"싫어요."

즉시 단호하게 거부. 작은 머리가 내 가슴에 닿았다.

어린 시절, 억지를 부릴 때 이랬었지.

"……오늘 밤은 아직 이야기를 안 했어요. 안 되, 나요?"

예상대로 고개를 들고 올려다보면서 어리광을 부린다.

이런 눈으로 보는데 거절할 만큼, 나는 독하지 못하다.

명령도 개복숭아 술을 한 모금 마시기만 했는데 잠들어 버렸으
니, 들킬 걱정도 없겠지.

은발을 손으로 빗겨주며, 응답했다.

"어쩔 수 없구만. 조금만이다?"

＊

"정말이지 참! 어렴풋이 생각하고 있었지만…… 척영 님은 백령 씨에게 너무 물러요!『밤에 대화를 하는 것이 습관』…… 그런 거 들은 적이 없어요!!! 치사해요. 반칙이에요. 제가 자고 있는 틈을 타서어어어어어. 오늘 밤은 저도 참가해서, 꺅."

경양 남방의 황야를 달리는 애마가 흔들려, 뒤에 탄 명령이 작게 비명을 질렀다. 두 갈래로 묶은 밤색 머리칼이 바람에 나부꼈다.

나는 돌아보고, 승마에 익숙하지 않은 소녀에게 주의를 주었다.

"제대로 안 붙어 있으면 위험하다? 네가『신병기 시험 사격과 모의전을 견학하고 싶어요!』라고 했잖아?"

"…………네에."

부끄러운 기색으로 고개를 숙이고, 명령은 나를 조심조심 다시 끌어안았다.

풍만한 두 언덕의 감촉은 무시한다. 먼저 보낸 백령에게 들키면 목숨의 위기다.

감시용 망루근처에는, 시즈카 씨와 조하, 호위 병사들이 설영을 하고 있었다.

가까운 곳에 길쭉한 나무 상자가 말의 등짐에 실려 있었다. 저것의 알맹이가『신병기』라는 건가?

황야에서는 선발된 기병 백오십이 집결하여, 허수아비에 기사 훈련을 시작하고 있었다.

멀리서도 백령의 은발과 유리의 금발이 눈에 잘 띈다. 둘이 나란히 달리면서 대화도 나누는 모양이군.

"명령, 내리자. 일단 네가 하고 싶다는 시험 사격부터야."

"……네에."

아쉬운 기색으로 손을 떼었다.

시즈카 씨와 조하의 흐뭇한 시선을 깨달으면서 말에서 내려, 명령에게 한 손을 뻗었다.

"자."

"……헤우?"

소녀가 눈을 커다랗게 뜨고, 이상한 소리를 냈다.

애마의 갈기를 쓰다듬으며, 다시 재촉했다.

"혼자서는 못 내리잖아? 위험하니까."

"아……그, 네…………."

조심조심 뻗은 명령의 손을 잡아 한 손으로 끌어안고, 땅에 내려주었다.

나는 안장의 가죽 주머니에서 모자를 꺼내, 멍~하니 서 있는 소녀의 머리에 씌워주었다.

"백령한테는 비밀이다."

"……네~에♪"

점점 더 볼이 풀어지는 연상의 소녀에게 말해뒀다. 정말로 이해한 건가?

그런 주인의 모습을 보고, 시즈카 씨가 이쪽으로 걸어왔다.

손에 든 것은…… 창, 이 아니군.

나무 막대 끝부분에 죽통이 묶여 있고, 옆으로 끈이 튀어나왔다.

"척영 님, 감사합니다. 이걸로 몇 개월은 괜한 떼를 쓰지 않으실 거라 생각합니다."

"아뇨. 가끔은 남을 태워주는 것도 나쁘지 않으니까요. 그리고 시즈카 씨 부탁이라면 기꺼이."

"어머나, 어른을 너무 놀리지 말아 주세요."

"본심입니다."

"…………척영니임? 시즈카아?"

나랑 시즈카 씨가 즐겁게 담소하자, 명령이 원망이 담긴 소리를 냈다.

손을 뻗어 모자 위에 올렸다.

"자, 설명해줘. 얼른 안 끝내면 무시무시한 장백령이 활을 쏜다."

"우~! 척영 님 치사해! 심술쟁이! ……시즈카, 『화창』 줘봐요."

"아가씨께는 무거울 텐데요?"

검은 머리 종자는 자그마한 주인에게 주의를 하면서, 기묘한 막대──『화창』을 건넸다.

예상대로 명령의 몸이 휘청거리며 쓰러질 것 같아, 재빨리 다가가 지탱했다.

"어이쿠. 너 말이야……."

"큭큭큭…… 작전대로입니다! 상냥한 척영 님이라면 반드시 도와주신다고, 확신하고 있었어요!! 저의 승리네요~☆"

연상 소녀는 장난이 성공한 어린아이의 표정을 짓고, 나에게 몸을 기댔다.

시즈카 씨는 미안한 기색으로 양손을 마주 댔다. 훈련중인 백령이 우리를 발견했는지, 유리와 다른 몇 기를 데리고 달려오는 게 보였다.

"……됐으니까, 얼른 쏴봐."

"아, 네~에. 그러니까 말이죠."

드디어 명령이 나에게서 떨어져, 시즈카 씨의 도움을 받으며 시험 사격 준비를 시작했다.

그동안 백마와 회색털의 말이 다가와서, 군장 차림의 백령과 모자와 복장을 갖춘 유리가 땅에 내려섰다.

"꽤 늦었군요, 척영."

"…………우와."

"불만은 아슬아슬한 시간까지 서류 작업을 처리하던 영애한테 해줘. 아아, 소개할게. 유리, 이 녀석은——."

마지막까지 말하기 전에 연상 소녀가 고개를 들었다.

그리고, 신기한 기색으로 커다란 눈을 깜박였다.

"어라? 유리가 아닌가요?? 어째서, 당신이 여기에???"

"……꼬맹이 상인이야말로, 집에 틀어박혀 있지, 어째서 최전선에 있는 거야."

"꼬, 꼬맹이이?! ……흐, 흥. 무슨 말인가 했더니. 그러니까『자칭 선낭』씨는 가슴이 아무리 지나도 평평한 거랍니다~!"

유리는 비취색 눈동자에 짜증을 드러내며, 팔짱을 끼고 고개를 돌렸다.

『자칭 선낭』. 다시 말해서【천검】을 찾아낸 것은.

"자칭 아닌걸. 나는 틀림없이 진짜 선낭이야. 가슴도 이제부터!"

"흐~응. 헤에~. 그런가요~. 덧없는 꿈이네요~. 척영 님의『지방 문관이 된다!』만큼이나~."

"이, 이, 악덕 상인……."

"……야, 왜 거기서 내가 나와?"

무심코 대화에 끼어들자, 백령이 손뼉을 쳤다.

시선이 일제히 의젓한 미소녀에게 집중됐다.

"척영의 꿈이 덧없는 것은 하루 이틀 일이 아니에요. 명령, 설
명을 부탁합니다."

"너, 너 말야아……."

"아, 네~에."

내 불평을 무시하고, 왕명령은 유리의 뒤로 돌아가더니 끌어안
았다.

이국의 소녀는 싫은 기색이지만 떨쳐내지는 않았다. 평소에도
이런 거군.

명령이 등 뒤에서 고개를 내밀고 가르쳐 주었다.

"얘가 서역의 폐묘당에서【천검】을 발견해준 자칭 선낭입니다!
『척영 님을 직접 보러 간다』라고 했었는데……. 전쟁도 군도 아주
싫어하죠?"

"……자칭이 아니라고 몇 번을 말해야 믿는 거야. 봐."

유리는 불만스럽게 손을 휘둘러, 아무것도 없는 공간에서 하얀
꽃을 만들어냈다.

그리고, 명령의 앞머리에 그것을 끼웠다.

──경양의 골목에서 본 수수께끼의 술법이군.

"또 그건가요오? 예쁘긴 하지만……."

"뭔데? 뭐 할 말 있어??"

유리가 명령을 어깨너머로 노려보았다.

그러자, 연상 소녀는 가볍게 내 등 뒤로 돌아가 혀를 내밀었다.

"『선술』치고는 수수하잖아요. 날씨를 바꾼다거나, 좀 더 화려화려한 술법이 보고 싶다, 싶어서★"

분명히 그렇다. 전승에 남은 선인이나 선낭은 좀 더 괴물 같았다.

우리 생각을 짐작한 금발 소녀가 어깨를 으쓱거리고, 시즈카 씨 쪽으로 걸어갔다.

"이것도 몇 번이나 얘기했지? 내가 쓰는 건 『방술』. 그리고 『선술』은 당신들이 생각하는 것처럼 만능이 아냐. 오랜 옛날의…… 그야말로 『노도』가 어린나무였을 무렵의 선낭이라면, 천재지변을 일으킬 수 있었다고 하지만."

대륙 북방에 우뚝 서 있는, 천 년을 족히 넘는 수령을 가진 복숭아의 거목이 어린나무였을 시절이라.

상상도 못 하겠다. 결국, 옛날이야기에 지나지 않는 거겠지.

유리는 시즈카 씨에게 『화창』을 받아, 나랑 백령을 돌아보았다.

"……말 안 해서 미안해. 명령 말처럼, 그 【천검】을 발견한 건 나야."

"어째서?"

"어째서죠?"

나랑 백령이 동시에 입을 열었다.

말로 표현하지 않고 담은 의미는——.

『전쟁을 싫어하는데, 의용병이 되어서까지 【천검】의 소유자를 보고 싶었던 이유는?』

유리는 눈을 가늘게 뜨고, 우리들의 의문을 받아냈다.

그리고 차분하게 모자를 고쳐 쓰더니, 내 이름을 불렀다.

오른쪽 취안(翠眼)에 도전적인, 강한 의지의 빛.

"장척영── 당신에 대해서는 명령에게 잔뜩 들었어. 나는, 당신이 【천검】을 가지기에 걸맞은 사람인지 알고 싶어. 그걸 위한 대가로, 이제부터 시행하는 모의전에서 나는 백령에게 조언을 줄 거야. 『화창』의 시험도 겸해서. 좋은 승부가 될 것 같지 않아?"

*

"척영 님, 백령 님! 모두의 준비가 끝났습니다. 명령에 따라, 부대는 100기와 50기의 둘로 나누어, 훈련용 화살을 지급했습니다!"

부관으로 발탁한 정파가 싹싹한 태도로 보고했다.

나랑 백령은 기승한 채 선발병들을 돌아보았다. 유리의 모습은 없었다.

『준비할 게 있어.』

라면서 백령과 뭔가 상담한 다음에, 열 몇 명의 병사와 함께 자취를 감추었다.

……단순한 복병이라면 별 것 없지만.

전통을 등에 진 은발의 미소녀가 시선으로 재촉하길래, 의식적으로 표정을 긴장시켰다.

"알고 있겠지만── 오래지 않아 군이【서동】으로 침공한다. 우리는 기병 천을 보낸다. 오늘 모인 것은, 그중에서 기승 사격을 습득한 사람들이다. 정파?"

"모의전에서 사용하는 화살은 끝에 붉은 염료가 든 작은 주머니가 달린 훈련용이다. 팔에『백』혹은『흑』의 천은 감았겠지? 화살에 맞은 자는 천을 들고 전장을 이탈해서 언덕으로 가라."

"사용 무기는 원칙적으로 활뿐입니다. 대장을 맡은 나나 척영이 당하거나, 부대가 전멸하는 것으로 승패를 정합니다. 다들, 낙마를 조심해요. 모의전 개시는 태양이 중천에 도달했을 때── 조하가 징을 치게 되어 있습니다. 그러면, 내 부대는 이동을 시작해 주세요."

『예! 백령 님께 승리를!!』

젊은 병사들이 일제히 말을 타고, 긴장한 기색으로 멀어졌다.

그에 비해서, 이 자리에 남은『적군 역할』의 50기── 경양 침공전을 살아남은 고참들은 말도 안 타고 농담을 했다.

"나도 백령 아가씨를 지키고 싶었다……."

"도련님은 좀 그렇지."

"지키는 보람이 없어."

"단기로 돌격해 버리니까."

"우리가 배신하면 백령 님의 승리에 기여할 수 있는 거 아냐?"

『그거다!』

……이 자식들이.

뭐, 신참병을 중심으로 한 100기와 고참 50기로 부대를 나누라고, 정파에게 지시를 내린 건 나 자신이다. 불평할 계제가 아니군.

쓴웃음을 지으면서 활의 현을 확인하고 있는데, 열 몇 걸음 정도 백마를 전진시킨 은발 소녀가 돌아보지도 않고 내 이름을 불렀다.

"척영."

"응?"

백령이 【백성】을 단숨에 뽑아 높이 들었다.

곧장 빛이 내리쬐어—— 검과 길고 아름다운 은발이 반짝였다. 병사들이 소리 없이 찬탄을 흘렸다.

"봐주면 용서 안 해요. 나도 유리 씨도 전력으로 당신을 치겠어요!"

그렇게 외치자마자 장백령은 『월영』을 타고 달려, 자기 부대 등 뒤를 따라갔다.

저 녀석의 통솔력, 그리고 명령도 『전쟁은 싫어하지만 군략이 뛰어나다』라고 한 선낭 소녀.

——어디, 어찌 나오려나.

나는 애마 『절영』의 목을 쓰다듬고, 청년 무장에게 물었다.

"정파, 저 녀석들 어떻게 나올 것 같아?"

이미 백령 일행은 충분히 거리를 벌렸다.

그러나—— 매보다도 날카로운 내 눈은, 은발 소녀 곁에 파란 모자를 쓴 한 기가 돌아와 따르는 것을 확실하게 포착했다.

잠시 생각하고, 정파가 대답했다.

"우리 쪽의 기병은 50. 그에 비해 백령 님의 부대는 단련도는 떨어진다 해도 100. 보통 상대라면, 숫자로 밀어붙이는 정면 돌격을 선택지로 넣겠습니다만⋯⋯."

백령 부대가 작은 언덕의 그림자에 숨어 보이지 않게 됐다.

전장의 지형을 활용하는 것은 양장(良將)의 증거다. 백령은 의부님에게 물려받은 재능이 있어.

성장하면, 군을 통솔한다는 면에서 나를 가볍게 넘어설 거다.

청년 무장이 투구를 고쳐 쓰고, 고참병들에게 손으로 기승을 지시했다.

"백령 님은 척영 님의 무용을 누구보다도 잘 압니다. 그런 어리석은 책략을 쓸 거란 생각은 도저히 안 들어요. 이 근방은 언덕이 여기저기 흩어져 있습니다. 부대를 둘로 나누어, 협공을 시도하지 않을까요?"

불과 몇 개월 전의 이 녀석이라면 정면 돌격을 예상했을 거야.

정파도 치열한 경양 공방전을 살아남은 남자다.

나는 만족감을 느끼며 망루 위의 명령 일행에게 손을 흔들어, 지시를 내렸다.

"뭐, 그렇겠지. 문제는 본대와 복병, 어느 쪽에 백령이 있는가, 인데⋯⋯."

태양이 중천에 다가간다.

이윽고── 황야에 징 소리가 울렸다.

나는 모두 말에 탄 병사들을 둘러보고, 웃으면서 송곳니를 보였다.

"자── 시작한다! 기합을 넣어라!! 백령에게 당한 녀석은 훈련 추가한다!!!"

"오오오오오!"

"도련님, 너무합니다."

"아니 그래도 백령 아가씨가 제일 노리는 건 척영 님 아냐?"

"그러니까 『미끼』로 쓰면, 우리는 살 수 있다?"

"……땡기는데."

일제히 활을 들고, 제멋대로 의견을 말한다. 다들 얼굴과 이름이 일치되는 자들뿐이다.

전방에서 기병이 내는 흙먼지가 보였다.

수는── 고작해야 30기 정도.

"너희들 말이다…… 조금은 내 몸도 걱정해라."

아끼는 활에 화살을 메기고, 쓴웃음을 지었다.

훈련용 화살이라도, 내 활은 【서동】에서 제작된 강궁.

진심으로 쏘면, 병사들이 부상을 입게 될 거야.

──그러면!

나는 활을 한계까지 당기고, 쏘았다.

화살은 강풍을 타고 선두를 달리는 기병의 화살통을 날려버리며 붉게 칠했다.

『윽?!』

적과 아군 가리지 않고 커다란 동요.

연사하면서 백령의 모습을 찾아봤지만…… 모두 깊숙하게 투구를 쓰고 있어서 인식할 수가 없군.

복병의 지휘를 선택했나? 유리도 없는 것 같아.

잇따라 화살통을 맞추면서 흑마에게 다리로 지시를 내려, 결단했다.

"돌격해서 해치운다! 정파, 좌우의 언덕 뒤를 조심해라. 복병을 숨긴다면 거기야. 각자 사정거리에 들어오면 사격 자유!"

"예!"

『예!』

내 뒤에 곧장 50기가 따른다.

서로의 거리가 좁혀지는 가운데, 말 무리 속에서 한 명이 활을 높이 들었다.

그러자, 몇 기씩 분산.

사정거리 아슬아슬한 곳인데도 사격을 개시하고, 내 주위에도 쏟아져 내린다.

"헤에, 제법인걸."

경양을 공격해온 『적창기』도 같은 전술을 구사했지.

백령의 지시일까? 아니면 유리?

흑마에게 지시를 내려 화살을 피하고, 혹은 활로 쳐내면서 적절하게 반격한다.

그러는 사이에 거리가 줄어들어—— 얼굴이 많이 닮은 소년과 소녀 2기가, 결사적인 표정으로 좌우로 갈라져 나에게 돌격했다.

훌륭한 마술이지만 앳된 생김새를 보아하니 의용병. 게다가,

이국인이군.

"척영 님!"

"백령 아가씨를 위해 져주세요!"

기개가 좋군. 나중에 정파에게 이름을 확인해야겠어.

거의 동시에 쏘아낸 두 대의 훈련 화살을 향해 속사. 공중에서 맞추어 떨어뜨린다.

""에엑?!""

"나쁘지 않지만…… 급제점은 못 주겠다."

용감한 도전자들의 화살통에 훈련 화살을 박아 넣어 날려 버렸다.

자, 다음은——.

"척영 님! 좌우의 언덕에 복병입니다!!"

내 근처에서 몇 기를 이끌며 분전하던 정파가 경계를 외쳤다.

왼쪽 언덕에서 약 30기. 오른쪽에서 약 20기가 언덕 사각에서 돌진하는 것이 보였다.

정면과 좌우. 세 방향에서 공세를 하는군!

그러나, 이미 정면은 약 반수를 격파했다. 그에 비해서 이쪽은 대열이 무너지긴 했지만, 거의 건재하다.

"정파! 왼쪽은 내가 간다. 너는 그동안, 오른쪽을 막아——."

그때 깨달았다.

백령과 유리가, 어느 쪽에도 없다?

"척영 님?!"

정파의 초조한 목소리가 귓가를 때리는 가운데, 나는 거의 무의식적으로 말머리를 돌렸다.

그곳에는 백령이 이끄는 10기. 크게 우회해서 후방을 찌르는가.

세 부대가 아니라, 네 부대로 갈라져 포위 공격.

이름 없는 협곡에서【아랑】을 쳤을 때, 영풍이 나에게 실행시켰던『낭살의 진』을, 설마 이번 생에서 받게 되는 꼴이 되다니. 이게 유리의 군략인가?

……그러나, 책략은 이미 모두 보였다.

나중에 불평을 하겠지만, 백령의 전통을 날려버리면 끝이야!

나는 활을 당겨, 일직선으로 돌진해오는 소꿉친구 소녀를 겨누었다.

거리가 급속하게 줄어들고, 시선이 교차한다.

희미하게 백령의 입술이 움직이는 게 보였다.

──그 직후,

"뭐야?!"

『윽?!!!!』

생애 처음으로 듣는 새된 굉음이 전장 전체를 뒤흔들었다.

나와 고참병들뿐 아니라 말들도 놀라 대혼란을 일으킨다.

오른쪽 언덕을 보자, 말에서 내린 열 명의 병사가 끝이 갈라진 죽통에서 연기를 내는 길쭉한 막대──『화창(火槍)』을 들고 있었다. 통 자체는 너덜너덜해졌군.

임경에서 몇 번인가 불꽃놀이를 보았다.

그것에 이용하는 『화약』이라는 물건을 이용한 기병용 병기.

"이번에는 우리들의 승리입니다!"

"기억해 둬. 자신감 과잉은 죽음을 부르는 법이야!"

잘 울리는 백령와 유리의 목소리가 들린 순간, 나는 몸을 크게 쓰러뜨렸다.

머리 위를 교차하듯 두 대의 화살이 날아갔다.

"뭣?!"

"······칫!"

유리의 경악과 백령이 혀 차는 소리.

상반신을 일으키고 차례차례 전통을 쏘면서, 혼란에 빠진 교전지를 돌파했다.

그리고, 말머리를 돌려—— 분한 기색인 소녀들에게 한쪽 눈을 감았다.

"뭐, 급제점이야."

『장수 되는 자, 병사들 앞에서 망설임을 보여선 안 된다.』

전생의 내가 실천해온 것은 영혼에 새겨져 있다.

다만 말할 것도 없지만······ 솔직히 위험했다.

병사들의 훈련도가 조금 더 높았다면, 이 단계에서 졌을지도 몰라.

설마, 『낭살의 진』에 『화창』을 더하다니. 무시무시한 선낭 님이네.

백령이 떨어진 장소에서 불평불만을 꺼냈다.

"지금 그건 순순히 맞아줄 장면이잖아요? 귀염성이 없는 사람이네요."

"있지…… 당신 정말로 인간이야?"

이어서, 마지막까지 자기 자신의 모습을 나에게 드러내지 않았던 유리가 당혹하며 질문을 던졌다.

백령 뒤에 딱 붙어 달리면서 기승 사격. 대단한 기량이야.

군략가라는 건 그런 게 서투를 거라 생각했었는데…… 인식을 고칠 필요가 있을지도 모르겠다.

"미안하지만 틀림없이, 인간이야, 선낭 나리? 참고로 지방 문관 지망이지."

"……뭐어?"

"또, 그런 헛소리를."

유리가 점점 더 당혹이 짙어지고, 백령이 잔소리를 했다.

그동안 나는 교전지를 확인했다.

이쪽 잔존 기병은──── 정파를 포함해서 30 정도군.

백령의 부대도 상당히 줄었지만, 그래도 60기 전후가 건재.

양쪽 다『이길 수 있다!』라는 강한 의지가 느껴진다. 때가 됐군.

나는 백령에게 눈짓.

"아니…… 어차피 맞아줘도 화낼 거잖아?"

"당연하죠."

서로 활을 내리고, 동시에 명했다.

""연습 중지!!!!!""

병사들이 커다랗게 한숨을 내쉼과 동시에 소리 없는 불만이 흘러나왔다.

『조금만 더 하면 이겼는데!』

연습을 끝내는 방식으로는 이상적이다.

백령이 포근하게 웃었다.

"다들, 수고했습니다. 부상자는 없을 거라 생각하지만, 다친 자는 솔직하게 신고하세요. 그리고 조하가 물과 식사를 준비했습니다. 각자 감시 망루로 가세요."

『예! 감사합니다!!』

병사들이 감격하여 말을 몰아 걷기 시작했다.

──역시, 총지휘관은 나보다 이 녀석이 맞다니까.

그녀의 보좌 역할로 심사숙고하던 파란 모자의 소녀를 두고, 나는 선봉에 서면 된다.

만족감을 느끼며, 땀을 닦고 있는 청년 무장에게 부탁했다.

"정파, 병사들 소감을 듣고 결과를 정리해줘. 부대 편성의 참고를 하고 싶다. 쉰 다음에 해도 된다."

"알겠습니다!"

어쩐지 귀신 례엄과 비슷한 표정으로 경례하고, 병사들 뒤를 따라갔다.

남은 것은 하마한 나와 백령. 그리고──.

"……『화창』을 더한 『낭살의 진』으로 완전히 이기지 못하다니. 【천검】에 선택될 만한 실력이 있다는 거야? 하지만, 저 무용은 인간의 수준이……. 내가 쌍검을 뽑지 못한 것은 그 탓? 그러면 진짜??? 공주님과 장가군도 굉장해. 연계가 힘든 신병들인데, 이 정도로 책략을 결행할 수 있다니…….”

말에서 내려, 어디선가 꺼낸 기묘한 짧은 금속제 막대를 재주 좋게 빙글빙글 돌리면서, 중얼중얼 독백을 하는 파란 모자의 미소녀.

무의식인지 차례차례 주위에 하얀 꽃이 생기고, 흩날리고, 사라진다.

기분 탓인지 회색 털의 말도 난처한 것 같다.

나는 자연스럽게 옆에 다가온 백마 위의 소녀를 불렀다.

“백령.”

“책략은 모두 유리 씨가. 아버님에게 천거는 연명으로 해주세요. 신뢰할 수 있는 분입니다.”

즉시 반응이 돌아왔다.

『은발창안의 여자는 재앙을 부른다.』

곰팡이가 핀 미신을 믿고, 배척하려는 상대를 계속 보아온 백령의 눈은 분명하다.

아직 생각에 잠겨 있는 금발의 미소녀는 좋은 녀석이겠지.

……명령하고는 다른 의미로 별종의 낌새도 있지만.

그런 생각을 하고 있는데,

“척~영~니~임~ ♪”

““““…………””””

모든 것을 날려버리는, 왕명령의 흥분한 목소리가 내 귓가를 때렸다.

셋이서 돌아보자, 시즈카 씨가 모는 말 뒤에서 밤색 머리칼의 소녀가 금속제의 기묘한 통을 든 손을 붕붕 흔들고 있었다. 유리가 가지고 있는 것과 같은 건가 보군.

명령은 시즈카 씨의 손을 빌려 말에서 내리더니, 볼을 상기시키고 감상을 말했다.

"굉장했어요! 정말로, 정말로 굉장했어요!! 아아…… 유리에게, 먼 곳이 보이는 낡은 이상한 도구를 받아두길 잘했어어어. 에헤헤~♪ 전장의 서방님, 눈에 보양이었습니다. 저는 이걸로 한나절은 힘낼 수 있어요!"

손을 뻗어 연상 소녀의 이마를 가볍게 밀었다.

"한나절이 아니라, 좀 더 힘내라."

"네~ 저는 포상을 받으려고 힘내는 아이거든요오? 『화창』어땠나요?"

싱글싱글 웃는 명령의 표정이 상인의 얼굴로 바뀌었다.

하얀 꽃을 만들어내는 걸 멈춘 유리도 내 평가가 신경 쓰이는 모양이군.

나는 백령의 머리칼에 붙은 꽃을 집었다.

"나쁘지는 않아."

"그러면, 당장 양산을——."

"기병용이라면 쓸 수 있다고——."

이어서 말하려는 명령과 유리의 반응을 손으로 막고, 두 번째 꽃을 집었다. 「……어쩔 수가 없네요.」 백령도 내 머리에 손을 뻗어 꽃잎을 잡았다.

전장에서 본 광경을 두 사람에게 고했다.

"굉음이 나는 건 좋아. 사람은 몰라도, 말은 놀라게 할 수 있을 거다. 그렇지만── 죽통이 안 되겠어. 쏜 다음에 너덜너덜해지는 게 보였어. 전장에서는 화약 말고 작은 돌 같은 것도 넣잖아? 까딱하면 적에게 날아가지 않고 폭발해서 병사들이 다칠 거다. 통을 금속제 같은 걸로 하는 게 좋지 않을까?"

"…………금속, 인가요."

명령이 침묵하고, 시즈카 씨의 등에 얼굴을 묻더니 생각하기 시작했다.

비범한 재능을 나와 백령에게 보인 금발의 소녀가 어안이 벙벙해졌다.

"……당신 역시 별난 사람이야. 그게 보였다니. 그 무용은 검의 힘이야? 전승에는 『【천검】을 휘두르는 자는 천하무쌍의 무를 얻는다』라는 게 있는데."

"유감이지만 내 실력이다. 어떤 전승이 있는지는 모르지만, 이건 그저 조금 낡았을 뿐, 평범한 검이라고 생각하는데. ……그래서? 일단 승부는 내가 이긴 거면 되는 거지? 어째서, 우리 군에 지원했는지 가르쳐줘."

"……그래."

유리는 금속제 막대를 허리춤에 넣었다.

말을 쓰다듬고, 담담하게 말했다.

지금까지와 달리 거기에 포함된 감정은, 지독하게 차갑다.

"내가 『선낭』이라는 건 정말이야. 하지만── 쓸 수 있는 술법은 금방 사라지는 하얀 꽃을 만드는 것뿐. 지금 세상에 얼마나 이런 것들이 더 남아 있는지는 모르고, 알 방도도 없어. 게다가 마지막 선향(仙鄕)이 멸망한 지 10년 이상 지났지……. 그저 쇠퇴해 버린 고대의 지식이나 도구를 아주 조금 가지고 있는 것뿐이야. 꼬맹이 상인이 가지고 있는 금속 막대도 그중 하나야. 그것 말고는 극히 평범한 인간이지. 칼에 베이면 죽고…… 전쟁 같은 건 너무 싫어. 그렇다 보니 군략은 살아남기 위해서 익힌 거야. 의용병에 응모할 생각은 전혀 없었어."

──사라지는 꽃을 만들어 낸다.

분명히, 이것만으로는 아무것도 못 한다.

금발 소녀가 모자를 누르고, 내 【흑성】과 백령의 【백성】을 보았다.

"하지만── 【천검】이 갑자기 모습을 드러냈어. 【쌍영】이 죽은 지 천 년. 누구도 손에 넣지 못한 전설의 신구(神具)가 모습을 드러냈거든? 전승을 아는 자라면 신경 쓰이는 게 당연하잖아?"

"이게 진짜라고?"

신구라니 꽤 거창하군. 호기심을 느끼고, 나는 굳이 질문했다.

──이 두 자루는 틀림없이 【천검】.

그렇지만, 그것을 단언할 수 있는 건 이 세상에 나밖에 없다.

유리가 눈꼬리를 끌어올렸다.

"그걸 확인하기 위해서 온 거야. ……꼬맹이 상인이 부추겼다고 해도, 발견해 버린 건 나니까. 어린 시절에 배운 전승에서는, 『【천검】이 발견된 시대에는 세상이 격렬하게 흐트러진다』라고 했으니까. ……그리고 나 개인의 사정이 있어."

""………….""

나랑 백령은 서로 마주 보았다. 『개인의 사정』, 이라.

황야를 바람이 불고 지나갔다.

묵고를 마친 명령이, 갑자기 대화에 끼어들었다.

"부추긴 적 없어요~! 유리한테 말했더니 『내가 반드시 찾아오겠어!』라면서, 엄청 흥분하더니── 우읍!"

"……입! 다! 물! 어!"

금발 소녀가 손을 뻗어, 연상 소녀의 입을 손으로 덮었다. 반동으로 서로의 모자가 떨어졌다.

그런 두 사람에게 시즈카 씨가 자애로운 시선을 보내는 가운데, 백령이 소매를 끌어당겼다.

『본론!』이라는 거군.

"유리."

"──뭔데?"

명령과 드잡이질을 하고 있는 금발 소녀의 모자를 주워, 먼지를 털었다.

내밀면서 물었다.

"이다음에 어쩔 거야? 고향에 돌아갈 거야??"

"……그런 건, 당신에게 이야기할 필요가…….""

받아 든 금발 소녀가 고개를 숙였다.

나는 허리에 찬【흑성】을 가볍게 두드렸다.

"이게 진짜【천검】인지 아닌지, 신경 안 쓰여?"

"…………그건."

갑자기 말을 흐린다. 망설이는 모양이군.

명령이 눈빛을 반짝이고, 백령에게 뭔가 속삭였다.

「짓궂은 척영 님도 이렇게 보면 꽤 좋은걸요……」, 「──동의 못 해요」, 「지금, 그렇다고 생각하지 않았나요?」

내용은 못 들은 걸로 해도 되겠지.

양손을 마주치고 유리에게 제안했다.

"지금 장씨 가문은 인재를 바라고 있어. 특히【서동】을 잘 아는 자를. 힘을 빌려줘."

이럴 때 괜한 수를 써도 일이 제대로 안 풀린다. 안 되면 그때 생각하지 뭐.

잠시 지나, 유리가 고개를 저었다.

"……전쟁은 싫다고, 말했어."

"우연이네. 나도 아주 싫어해. 지방 문관 지망이거든."

명령과 백령이 보란 듯이 대화를 시작했다.

"백령 씨, 저건 진심인가요? 때때로 말씀하시는데……."

"유감이지만 진심이에요. 다만, 무재와 비교하면 문관의 재능이……."

"야, 거기 기린아들."

눈을 게슴츠레하게 뜨고 보자, 평소에는 대립하는 소녀들이 결탁하여 나를 논파했다.

"이제 그만, 포기하세요. 자각은 하고 있죠?"

"『재능 없는 꿈은 덧없다』. 왕영풍이 남긴 말입니다."

"끄으!"

이, 이놈, 영풍! 그런 말을 남기지 말라고!!

──키득키득, 웃는 소리.

유리가 나이에 걸맞은 표정이 되었다. 15세라는 것도 수긍이 되는군.

"당신, 정말로 이상한 남자야."

"『선낭』이라고 하는 녀석에겐 못 이기지?"

파란 모자를 쓰고, 소녀는 금속 막대를 꺼내 회전시켰다.

금발을 매만지고, 빠른 어조로 결론을 고했다.

"안내까지라면. 하지만── 나는 싸우지 않아. 그래도 돼?"

"충분해. 백령?"

"저는 이견 없어요. 유리 씨는 참 좋은 분이에요."

"……고, 고마워."

유리가 창피한 기색으로 인사를 하자, 하얀 꽃이 흩날렸다.

그런 소녀를 백령과 명령이 지켜보았다.

나는 애마에 다가가, 소녀들을 재촉했다.

"우리도 감시 망루로 가자. 목도 마르고, 배도 고파. 밤에는 유리의 환영식을 해야지. 엉망진창인 침공이 가까워도, 그 정도는 용납이 되겠지?"

제3장

"군사 나리, 오랜만입니다. 『회랑』 세우르 바토, 지금 도착했습니다!"

일국을 맡은 자가 쓰는 것치고는 상당히 검소한 집무실에 들어가자마자, 나는 파안하며 대답도 기다리지 않고 드높이 쌓여 있는 서류의 산에 가려진 남성에게 경례했다.

후방에 대기하고 있는 나의 스승이자 부장인 【흑인】 기센도 마찬가지다.

『연경』에서부터 오랜 여행을 한 탓에, 다소 군장이 지저분하지만…… 실전을 누구보다도 잘 아는 분이다. 이해를 해주실 거야.

여기는 제국의 남서에 위치한 【서동】의 수도 『난양』.

지금은 위대한 【천랑】의 아이, 아다이 황제 폐하의 것이 된 땅이며—— 가까운 장래, 사서에 그 이름이 새겨질 결전장이다.

실력을 발휘할 수 있겠어! 반드시 폐하께 대승을 헌상해야겠지!

내가 자신에게 기합을 넣고 있는데—— 서류의 산을 헤치고, 창백한 얼굴에 옅은 다갈색 앞머리로 실눈이 가려진 여린 남자가 얼굴을 보였다. 입고 있는 옷은 검은 다색을 기조로 한 수수한 예복이다.

"이것은, 세우르 공, 기센 공. 아아, 벌써 시간이 이렇게 됐군요."

여린 남자—— 현 제국이 자랑하는 군사이며, 황제 폐하의 신임이 두터운 하쇼 공은 협궤에 설치된 물시계를 보고 이마에 손을 올렸다.

개인 소지품다운 것은 없지만, 어린아이가 쓸 법한 낡은 여우 가면만 장식되어 있었다.

"죄송합니다. 일에 몰두해 버리는 것은 저의 나쁜 버릇입니다. 폐하와 스승께서, 몇 번이고 질책을 하셨는데…… 부끄럽군요. 지금, 차를 내오지요."

진심으로 미안한 기색으로 중얼거리고, 하쇼 공이 자리에서 일어서려는 것을 말렸다.

외투를 떨치고, 가슴을 두드렸다.

"신경 쓰지 마십시오! 군사 나리가 두 어깨에 지고 있는 짐을, 다소나마 가볍게 하기 위해 우리가 온 것입니다! 부디, 무엇이든 명령을 내려주십시오. 구엔도 그것을 바랄 것이라고 확신합니다."

폐하의 천하통일을 보지 못하고 가버린 전우의 이름을 꺼내자, 코 안쪽이 찡해진다.

『적랑』구엔 규이는 누구보다도 용감했으며, 또한 자신의 명예보다 【현】의 미래를 생각하여 행동할 수 있는 존경스러운 호한(好漢)이었다.

……원수를 갚아야겠지.

의도치 않게 나와 같은 마음이었는지, 하쇼 공도 모선(毛扇)을 하얀 손으로 움켜쥐었다.

작은 방울을 울리자, 대기하고 있던 이국의 소녀가 들어왔다. 종자인 모양이군.

"두 분께 차를."

하쇼 공이 명하더니, 손짓하여 앉도록 지시했다.

"……정말 감사합니다. 다소나마 마음이 편해지는 것 같습니다."

나와 기센이 눈인사를 하고, 긴 의자에 앉자 탁자에 지도를 펼치셨다.

모선이 가리킨 곳은, 우선 『연경』.

그리고 대삼림과 칠곡산맥을 통과하여 『난양』으로 이동했다.

"이 나라를 거의 무혈로 함락한 것은, 구엔 공이 환난신고를 견디고, 인적미답의 땅을 답파한 덕이지요. 그리고. 그것을 허하신 황제 폐하의 혜안……. 재주가 부족한 이 몸이라면, 결단하지 못했을 것입니다. 조금 더 빨리 제가 이 땅에 왔다면 좋았을 것을……."

"올 때 군로를 지나 왔습니다. 전군을 사용하는 것은 어렵더라도, 일군이라면 충분히 사용할 수 있다고 확신했습니다."

"전면적으로 동의합니다."

보기 드물게 과묵한 기센이 대화에 끼어들었다.

전에 술자리에서 들은 바에 따르면…… 구엔과 선대 『회랑』인 나의 돌아가신 아버지, 그리고 기센 세 사람은 첫 출진부터 오랜 전우였다고 한다.

등을 쭉 뻗고, 양 주먹을 마주쳤다.

"군사 나리. 이제 막 도착한 참이지만. 이 나라의 내정과 남쪽에 둥지를 튼 반란자 놈들의 최신 정세에 대해 가르쳐주실 수 있을까요?"

"기꺼이."

조금 혈색이 좋아진 하쇼 공이 수긍했다.

종자가 차를 우리기 시작하고, 실내에 독특하지만 차분한 향이 떠돌았다.

"우선, 【서동】의 국내 정세에 대해 설명하지요."

"부탁드립니다."

군사 나리의 모선이 지도 위의 『난양』을 가볍게 두드렸다.

"구엔 공에 따르면――『적창기』주력을 이끌어 수도를 기습했을 때, 저항은 거의 없었다고 합니다. 서동왕은 벌써 만나셨습니까?"

"……네. 방금 전에 궁전에서."

분노를 억누르기 위해, 나는 찻잔의 차를 쭉 들이켰다. 내뱉는다.

"뒤룩뒤룩 살이 찌고, 우리들에게 그저 겁을 먹은 채『모, 목숨만은!』이라고 외치며, 아첨을 떨더군요. 아무리 그래도, 그것이 왕이라니. ……살려두어도 괜찮은 겁니까?"

【서동】은 교역 국가로서, 오래도록 천하에 이름이 알려져 있었다.

병사가 약하긴 하지만, 비축된 막대한 부와 칠곡산맥 및 서북부의 백골 사막이 우리들의 침공을 오랜 세월에 걸쳐 막고 있었다.

누구나 아다이 폐하 같을 수야 없다. 그런 것이겠지.

내가 표정을 찌푸리자, 군사 나리가 수긍했다.

"생각해 볼 법합니다. 개인적으로는 동의해요. 그러나…… 그 안은 황제 폐하께서 굳게 금지하셨습니다."

"그렇, 다면?"

"…………."

하쇼 공은 모선으로 입가를 가렸다.

북방전선에서도 보여준, 생각에 잠겼을 때의 버릇이다. 이렇게 되면, 아무리 말을 걸어도 응답이 없다.

물시계의 소리만 실내에 울리고—— 이치를 중히 여기는 군사 나리가 입을 열었다.

"오늘 도착하신 두 분은 믿기 어려우실지도 모르겠습니다 만…… 이 나라에는 【그분】이라 불리는 진정한 지배자가 있습니다. 왕족은 장식에 지나지 않아요."

"【그분】……어떤 자입니까?"

요사스러운 이야기군.

왕을 조종하는 자가 있다고?

하쇼 공이 당혹을 드러내면서 고개를 저었다.

"저도 자세히는 모릅니다. 다만……."

"다만?"

북방의 격전장에서, 어떠한 때도 냉정하게 지시를 하며, 빛나는 승리를 불러온 불패의 사내가 요괴라도 만난 것 같은 반응을 보였다.

"본인의 이야기에 따르면—— 수백 년을 살아온 『선녀』, 라고 합니다. 다소 날씨를 조종할 수도 있다 하더군요. 손에서 꽃을 만들어내는 것을 보여주기도 했습니다."

"——훗."

한 순간 어안이 벙벙해진 다음, 나는 무심코 웃음을 흘려 버렸다.

옆에 있는 기센도 무표정하지만, 내심 웃고 있으리라.

"군사 나리, 아무리 그래도 그것은. 날씨를 조종한다니…… 이 나라의 시조가『선낭』이라는 말은 들었습니다만. 그저 사기꾼인 것이 아닐지요?"

"진실은 모릅니다. 황제 폐하께 깊은 생각이 있으신 것 같으니……. 지금은 양호한 관계를 구축해두고 있어요. 서동병도 우리들이 써도 된다 합니다. 물론, 내부에서 반목도 있을 것입니다만 어찌 쓰느냐에 달렸지요. 아아, 구엔 공의 전사가 전해진 다음, 조금이나마 소란스러웠지요. 제가 타이르자, 금방 조용해졌습니다만."

"……그렇군요."

그 말의 의미를 짐작하고, 등줄기가 오싹해졌다.

구엔이 패했을 때,『난양』에는 고작 수천의 병사밖에 없었을 것이다.

그럼에도…… 만을 가볍게 넘었을 반란군을 진압했다, 인가?

『천산』의 하쇼는 무시무시하군.

"다음으로【영】입니다만──."

내 경외를 눈치 못 채고, 모선이 지도 위를 미끄러졌다.

우리들에게 악연의 땅이며 대륙을 관통하는 대운하의 중심점『경양』이 아니라, 거기서 남서의 국경까지 내려가 멈추었다.

──지명은『안암』.

"움직인 모양입니다. 약 15만의 병사를 국경 부근의 소도시에 집결시키고 있어요. 이미『임경』의 위제는 침공의 교지를 내렸습니다. 경계해야 할 장가군은 극히 일부가 출병을 한 것 같습니다만, 장태람 자신은 경양을 벗어날 조짐이 없어요. 사전에 들은 그대로입니다."

수도를 나설 때, 황제 폐하께서 우리들에게 훈시하신 말씀을 떠올렸다.

『장태람은 무시무시한 상대로다. 따라서—— 전장에 나서지 못하도록 한다.』

임경에 잠입시킨 『쥐』를 이용해, 웅적의 움직임 자체를 막는다.

역시, 우리 주상이야말로 천하를 통일하기에 걸맞은 분이다!

나는 흥분에 몸을 떨면서, 입술을 끌어올렸다.

"하여, 군사 나리? 이번에는 어찌하실 셈입니까? 적은 약병이라지만 대군. 아군은 우리 『회창기』가 약 5만. 그리고 수도의 수비병이 천여 기. 서동병을 신뢰할 수 없는 이상, 숫자로는 불리해집니다만."

"——물론."

평소에는 거의 뜨이지 않는 하쇼 공의 눈이 크게 뜨이고, 전장에서 예리한 지시를 내리는 역전의 군사에 걸맞은 표정으로 일변했다.

일어서서, 모선으로 지도를 두드리며, 냉혹하게 잘라 말했다.

"섬멸합니다. 살려서 돌려보내지 않아요."

내가 짙은 미소를 짓고, 옆에 앉은 역전의 용사도 갑옷을 두드리며 전면적으로 찬동을 표했다.

적극책은 언제나 우리들이 선호하는 것이다.

하쇼 공도 담담한 어조에, 숨길 길 없는 전의를 드러내면서 이야기를 계속했다.

"황제 폐하께 유일하게 두려운 적수는 장태람입니다. 그렇지만…… 슬프게도, 그자는 임경의 우자 놈들에게 껄끄러운 상대인지라, 결정적으로 병사가 부족해요. 여기서 병사를 깎아내면 다음 대침공에서, 우리 군의 희생이 보다 적어질 겁니다."

"여전히 혜안이십니다! 감복했습니다!!"

나는 고개를 숙여, 명군사에게 찬사를 보냈다. 추종이 아니다. 진심으로 그렇게 생각했으니까.

『회랑』이랍시고 추켜올려주고 있지만, 어차피 나는 전장을 달리고, 검을 휘두르며, 적을 쓰러뜨리는 일개 장수에 지나지 않는다.

대국은 결전에 이기기 위한 심산뿐 아니라, 그 앞의 한 수를 내다볼 수 있는 황제 폐하나 눈앞에 있는 지혜로운 자에게 맡겨야 마땅한 것이다.

소매를 휘두르며, 하쇼 공이 늠름하게 명했다.

"기센 공── 지난번 전쟁에서 살아남아, 후퇴해온 『적창기』 2천을 귀공에게 맡깁니다. 구엔 공의 한, 전장에서 씻어내 주십시오. 황제 폐하께 허가를 받아뒀습니다."

『적창기』를?!

나는 눈을 부릅뜨고, 부장의 모습을 보았다.

패했다 하여도 『사랑』 중 하나가 이끈 우리나라의 최정예다.

그것을 우리 군 최강의 용사에게── 심장의 고동이 거세져, 흥분을 억누를 수가 없다.

갑자기 딱딱한 소리가 울리고, 탁상과 바닥이 흔들렸다.

기센이 두 주먹을 마주친 것이다. 한쪽 무릎을 짚고 고개를 숙였다.

"……재주가 부족한 몸이오나, 전력을 다하겠습니다."

"겸허하실 것 없습니다. 귀공이라면 역전의 그들도 기꺼이 따르겠지요. 마음껏 흑인을 휘둘러 주십시오. 그 전장은 제가 반드시 준비하겠습니다."

"──예!"

전의를 뿌리는 용사가 입가를 일그러뜨렸다. 웃고 있는 것이다.

나는 적군에게 미약한 연민을 느꼈다.

【흑인】과 『천산』.

그리고 나──『회랑』 세우르 바토가 상대여서는…… 놈들이, 살아서 고국으로 돌아갈 수 없으리라.

"그러면, 군략을 설명하겠습니다. 세우르 공에게는 이견도 있을 것입니다만…… 이번에는 【그 분】의 힘을 이용할 셈입니다. 그녀의 정체가 무엇이든, 쓸 수 있는 것은 모두 써서, 위대하신 【천랑】의 천자, 아다이 황제 폐하께 승리를! 그것이야말로 구엔 공의 바람이며, 우리들이 이 땅에 있는 유일한 이유니까요."

"식량은 틀림없이 모였겠지?"

"이 얇은 종이는 뭐야? 벗겨도 되나?"

"바보구나. 방수용 기름종이야. 『왕 상점』의 마음 씀씀이라고!"

바깥 뜰에서 가인과 시녀들이, 병참 물자에 대해 바쁘게 대화를 하고 있었다.

며칠 전, 수도에서 『장씨 가문』에 전달된 정식 명령——.

『군은 이번에 배신한 【서동】을 정벌코자 한다. 장가군 일 천도 속히 참진하라.』

이를 이루고자, 준비를 서두르고 있는 것이다.

설마, 정말로 의부님의 의견도 안 듣고 결정을 하다니…….

좌우의 탁상에서, 믿기 어려운 속도로 서류를 처리하고 있는 은발과 밤색 머리칼의 소녀를 힐끔.

"……명령 씨, 붓의 속도가 꽤 느려지고 있는걸요? 대신할까요?"

"……백령 씨, 눈이 나빠진 것 아닌가요? 제가 더 빠른걸요?"

"""~~~큭!"""

백령과 명령이 중앙의 의자에 앉은 나를 끼고 노려보았다.

……이 녀석들 진짜.

대하 남쪽 기슭의 『백봉성』에 가신 의부님 대신, 이건 내가 어떻게든 해야지!

"좋아! 너희들도 바빠 보이니까, 나도 서류 작업을 도울———."

"당신은 앉아 있으세요."

"척영 님, 서류는 제가 보겠습니다~★"

간단히 부정당했다.

말을 이으려 해도, 소녀들은 붓을 재빨리 움직이면서 말했다.

"망설여지면 의견을 듣겠어요."

"느긋하게 쉬고 계세요~."

"…………네."

나는 힘 없이 대답하고, 고개를 숙였다.

……이럴 때만 결탁한다니까. 턱을 괴고, 창밖을 보았다.

유리 녀석은 아침부터 안 보인다.

그 자칭 선낭은 모의전 이후 정식으로 『백령 직속』이 되어 우리 저택에서 생활하고 있는데, 지금은 정해진 일이 없다.

백령과 명령하고는 매일 이야기를 하는 것 같은데…… 일선을 그어두고 있는 인상이다.

【천검】이야기를 꺼내려 해도, 전쟁을 싫어하는 녀석한테 강요하는 건 좀 그래.

군략에 대해 여러모로 물어보고 싶은데, 어떻게 해야 할까?

내가 그런 생각을 하고 있는데, 조하와 시즈카 씨가 새로운 서류를 가져왔다.

일사불란하게 일을 소화하고 있는 소녀들과 어찌할 바 모르는 나를 보고 시즈카 씨는 모든 것을 짐작했는지, 키득 웃었다. 백령

에게 『전장에 종군하지 말고, 명령과 시즈카 씨를 도우세요』하고
경양에 남도록 엄명을 받은 탓에, 조금 거칠어졌던 조하도 드디
어 진정이 된 모양이군.

"…………하아."

안타까워진 나는 한숨을 쉬고, 차분하게 일어섰다.

옆에 세워둔 【흑성】을 손에 들고, 입구로 걸었다.

서류에 붓을 놀리고 있던 백령과 명령이 일별했다.

"제 허가 없이 어딜 가는 건가요?"

"도망치면 벌을 드릴 거랍니다~?"

"무, 물을 가지러 가는 것뿐이야."

""………….""

손을 훌훌 흔들어 강한 시선을 막아내고, 나는 복도로 나섰다.

……역시, 저 녀석들 분명히 사이좋아.

질색하고 있는데, 백령과 명령의 웃음소리.

"뭐, 나쁜 일은 아니지."

나는 입가를 풀면서 복도를 걸었다.

조리장에서 물을 확보하고, 방으로 이어지는 복도를 걸었다.

백령은 그래 보여도 걱정이 많으니, 시간이 지나면 찾으러 올
지도 모른다. 서둘러야지.

지름길이라 안뜰을 가로지르려고 발을 들였는데──.

"오?"

"……아."

바위에 앉아 한 손에 종이봉투를 들고, 월병을 먹고 있는 유리와 눈이 마주쳤다.

입고 있는 옷은 도사복에 무릎 위에는 검은 고양이가 몸을 동그랗게 말고 있었다. 시장에 다녀온 모양이군.

나는 약간 동요하고 있는, 오늘은 모자를 안 쓴 긴 금발 소녀에게 씨익 웃었다.

"맛있어 보이네. 하나 줘."

"……안돼. 이건 내 거야."

소녀는 종이봉투를 등 뒤로 돌리고, 짧게 거부했다. 무릎 위의 고양이가 그 바람에 깨어나, 땅바닥에 내려섰다.

나에게 다가오길래 들어올려 어깨 위에 올리고, 괜히 야유했다.

"그러냐~. 요즘 시대의 선낭님은 쩨쩨하구만……. 선인이나 선낭은 남들을 돕는 게 기본이었는데."

황 제국 시대에도 『선인』, 『선낭』을 칭하는 자가 있었다.

눈앞의 소녀가 쓴 것 같은 기묘한 술법은 모르지만 적극적으로 자선을 행하고, 백성을 도왔다.

유리가 쓸쓸한 표정으로, 종이봉투에서 월병을 던지길래 왼손으로 받아냈다.

"……마치, 옛날을 본 것처럼 말하네."

"본 적이 있다, 라면 어쩔 거야? 오, 맛있네."

"…………."

도사복의 소녀는 고개를 획 옆으로 돌리고, 두 번째 월병을 꺼내 깨물었다.

나는 가까운 의자에 앉아, 움직여대는 고양이를 달래면서 파란 하늘을 바라보았다.

새들이 기분 좋게 날아다니는 광경은 평화롭고, 이제부터 전장에 가야 한다는 생각이 안 들었다.

"날씨가 좋네."

"──좋은 날씨네."

거의 동시에 문득 말이 흘렀다.

소녀와 시선이 교차하고,

"".............""

뭐라 말하기 어려운 기분이 들어 버렸다.

나는 배를 보이는 고양이를 쓰다듬으면서, 억지로 화제를 돌렸다.

"아~…… 마침 잘 됐으니 물어보자. 이번 전쟁, 【서동】출신이라는 너는 솔직히 어때? 참고로 나는 대반대 입장이야."

"……거기서 자랐을 뿐이지 태어난 나라가 아니야. 그리고 침공에 대해서는 한 마디야."

종이봉투를 둥글게 뭉치고, 유리는 나와 시선을 맞추었다.

『자랐을 뿐』이라.

숨기고 있는 사정이 있군.

"잘 될 리가 없어. 대운하를 활용할 수 있고, 【서동】의 수도나 주요 도시에 보다 가깝고, 그러면서 대하 지류를 사용하면 병참을 유지하기 쉬운 경양을 기점으로 삼지 않고, 일부러 남쪽에서 공격한다니. ……남부에는 끝도 없이 초원이 펼쳐진 것 말고는,

몇 개의 성채랑 한촌이 있을 뿐인데."

우리가 지금 있는 경양을 침공의 기점으로 삼으면── 서쪽으로 똑바로 나아가면 하천무역의 중심도시『호두(狐頭)』. 이어서 수도『난양』으로 직접 침공이 가능하다.

대하의 지류나 몇 개의 협곡 돌파는 어렵긴 하지만, 병참면에서 명백하게 유리하다. 대형선을 쓸 수 없어도 나룻배를 사용할 수 있다.

유리가 허리춤에서 짧은 금속 막대── 먼 곳을 볼 수 있는『망원경』이란 이름의 도구를 꺼내 빙글빙글 돌렸다.

"명령에게 듣기는 했지만, 【삼장】장태람, 서수봉, 우상호, 임경에 있는 노재상을 제외하면 【영】에는 인재가 없는 모양이네. 【서동】의 지도도 입수하지 않고, 적의 정보도 정확히 모르고, 명확한 작전 목적도 안 세우고…… 이러고도 이기면 기적이야."

"…………."

월병을 입에 던져 넣는다. 유감이지만 모두 사실이다.

임경이 말하는 최종적인 작전 목표는,

『배신한 【서동】을 징벌한다』.

라는 극히 애매모호한 것이었다.

"서 장군과 우 장군이 선봉을 맡는 건 몇 안 되는 정답이다. 장기전이 어려운 이상, 단기 결전으로 승리하는 수밖에 없으니까. 문제는──."

"선봉의 두 장수를 적절하게 지원할 수 있는 쾌속 부대가 없어. 현 나라의 기병은 북방의 대초원에서 후방 우회 공격을 자주 쓰는데, 안 그래?"

유리가 이어서 말했다. 나는 내심 혀를 내둘렀다.

과거뿐 아니라, 현재의 전장도 배웠군.

──이 선낭을 칭하는 소녀에게는 전쟁을 꿰뚫어 보는 『눈』이 있다.

그런 교육을 오랜 세월에 걸쳐 계속 받기만 해서는 얻을 수 없는, 하늘이 내린 재능이다.

내 생각을 눈치 못 채고, 도사복의 소녀가 비아냥을 섞으며 제안했다.

"지금부터라도 늦지 않았어. 당신들이 그 역할을 하면 어때? ……죽을 확률도 뛰어오르겠지만."

"의부님에게 말해서, 중앙에도 전달했어. 그리고…… 간단히 기각됐다."

【봉익】과【호아】의 역전은 조사해보니 그야말로 훌륭하다. 의부님에게도 비견된다.

……그러나, 아무리 용장, 맹장이라 해도 상대는 강력하기 짝이 없는 현 나라 군이다.

상대를 모르는 미지의 전장에서 고전하는 것은 필연.

나는 고양이를 의자에 내려놓고 일어섰다.

"!"

약간 꾸물대는 유리에게 다가가, 아름다운 오른쪽 취안을 들여다보았다.

"그리고── 간단히 『죽는다』라고 하지 마. 적어도, 나는 경양에서 데리고 가는 녀석을 죽게 놔둘 생각 없다. 물론, 그중에는 백령과 너도 포함된다. 안 그러면, 【천검】을 허리에 찰 자격이 없어. 안 그래?"

그러자, 유리는 눈을 커다랗게 뜨고 몸을 살짝 떨었다.

고개를 숙이고, 순순히 사과했다.

"미, 미안해…… 그런 뜻은 아니었어……."

백령이 『신뢰할 수 있다』라고 단언한 이유를 알 것 같군. 유리는 제대로 된 양심을 가진 소녀다.

이참에 나는 가볍게 못을 박아두었다.

"뭐, 마지막까지 같이 올 필요는 없거든? 위험하다! 싶으면 이탈해. 있는 동안은 나랑 백령한테 【서동】에 대해서나, 적이 취할 법한 군략에 대해 가르쳐주면 좋고."

유리는 손가락의 힘을 풀고, 희미하게 감사의 뜻을 드러냈다.

그리고 기분을 다시 가다듬고, 조금 불만스럽게 망원경을 손가락으로 만지작거렸다.

"……나는 길 안내자인데?"

"그러면, 지금부터 길 안내자 겸 군사다. 자, 나의 비밀스러운 군사 나리. 적의 책략은 어떠하오?"

"……싫은 녀석."

노려보는 거야 늘상 백령이 그러니까 익숙해서 나한테는 산들바람 같은 거지!

나는 거창한 동작으로 고개를 숙이고, 말없이 견해를 재촉했다.

"…………정말, 싫은 녀석!"

소녀가 커다란 소리를 내자, 고양이가 놀라 달아났다.

유리가 어색하게 「아……」 하더니, 등을 돌렸다.

"……국경지대에서 요격을 받는 일은 일단 없어. 『차폐물이 부족한 초원에서 대군을 상대로 회전을 시도한다』. 장태람이나 현나라 황제라면 주저하지 않겠지만, 보통 신경을 가졌다면 안 해."

"국내로 끌어들여서, 끌어들이고── 도망칠 수 없게 되어, 이쪽이 완전히 피폐해졌을 때 결전을 한다, 라는 거군. 상투수단이긴 하지."

"──보통은, 그렇겠지."

도사복의 소녀는 동의했지만, 납득 못 한 기색이다.

뭔가 걸리는 게 있는 모양인데…… 이런 재능을 가진 자가 결론을 내는 건, 언제나 갑작스럽다는 것을 나는 누구보다도 잘 알고 있다. 영풍도 그랬었지.

언젠가 『답』을 끌어낼 거야.

나는 자그마한 소녀에게 아무렇지도 않게 기밀을 고했다.

"이건 미확인 정보인데…… 【서동】을 실질적으로 통치하는 건 아다이의 신임이 두터운, 이름 없는 군사라고 하더군. 거기에 『사랑』 중 하나 『회랑』이 더해지는 모양이야."

"……군사……? 요즘 시대에?? 그러면, 역시 무슨 계략을 생각해서…… ."

유리가 진지하게 생각하기 시작했다.

소녀의 모습을 보며 진심을 흘렸다.

"개인적으로는, 실전경험이 없는 총지휘관 나리가 『회랑』에게 겁을 먹고, 직전에 작전 중지가 되기를 기도하고 있어. ……『사랑』을 상대하는 건 다시는 하기 싫거든."

경양 교외에서 싸운 『적랑』 구엔 규이의 모습이 뇌리에 새겨져 있다.

그런 맹장이랑 싸우면 그냥은 안 끝나.

의식을 나에게 되돌린 유리가, 오싹할 정도로 차가운 시선을 보냈다.

"희망은…… 왕왕 유린당하는 법이야."

"그래도, 사람한테 희망은 필요하잖아?"

"……윽. 분명히, 그럴지도 몰라. 하지만…… 그래도, 그래도, 나는!"

한순간 주춤했던 소녀의 눈동자에 업화가 흔들렸다.

……전장에서 자주 봤지.

과거에 자신의 소중한 존재를 잃은 자가 가진 격정과 복수의 불.

이 녀석이【천검】에 집착하는 건, 다시 말해서.

"정말이지. 어디 있는 건가요?"

"척영 니임~."

"" …………""

백령과 명령의 목소리가 들렸다. 아무래도 나를 찾으러 온 모양이군.

망원경을 움켜쥔 선낭에게──.

"그럼 돌아간다. 월병 고마워. 고양이 부탁한다."

"어? 아, 으, 응……."

돌아온 검은 고양이를 금발 소녀가 끌어안았다.

조금 나아간 곳에서 돌아보고, 인사를 했다.

"조언 감사한다. 앞으로도 백령한테 이것저것 이야기를 좀 해 줘. 그 녀석, 또래의 친구가 생겨서 진심으로 기뻐하고 있거든. 군사 건도, 난 진심이다?"

"…………."

도사복의 소녀가 둥글게 뭉친 종이봉투를 손에 들고, 던지려는 동작을 했다.

가볍게 왼손을 흔들어 달랬다.

"농담이라고, 농담이야. 나중에 보자. 뭔가 깨달으면 알려줘."

"……알았어."

더 이상 말은 들리지 않고, 나는 저택 안으로 갔다. 복도의 모퉁이에서 백령과 명령이 다가오는 게 보였다. 손으로 신호를 하면서 작게 중얼거렸다.

"어떻게든 해 봐야, 하겠지."

병사의 수가 우위라도 패배한 사례는 전사에 얼마든지 널려 있다.

하물며, 상대는 의문의 군사와 『회랑』. 엄격한 전쟁이 되겠어.

나와 백령, 그리고 유리가 기병 천과 함께 경양을 떠나, 집결지점인 『안암』으로 출발한 것은 그로부터 닷새 뒤였다.

＊

"척영 공! 백령 공! 기다리고 있었습니다!!"

영 제국 남서의 소도시 『안암』.

경양과 비교하면 명백하게 빈약한 정문 앞에서 나와 백령이 이끄는 부대를 기다린 것은, 짙은 다갈색 머리에 피부가 잘 그을린 미청년── 서비응이었다. 용모와 화려한 군장이 어우러져 대단히 눈길을 끈다. 정렬해 있는 열 몇 명의 병사들도 남군의 정예 같았다.

"비응? 행군은 벌써 시작되지 않았나……?"

"오랜만입니다."

의문을 던지면서도, 나는 말에서 내려 후방을 돌아보았다. 백령도 그 뒤를 따랐다.

우리가 기병 천을 이끌고 이 땅으로 오는 도중에,

『군 주력은 이미 【서동】으로 침공을 개시했다. 장가군은 최후미를 수비하라.』

라는 부재상 직필의 명령서를 받았다.

……심술도 이 정도면 참 대단하다.

그래서 우리와 반대로 서가군은 선봉이니까, 비응이 여기 있을 줄은 몰랐다.

돌아보고, 대기 중인 정파에게 명했다.

"우리들의 말과 병사들을 데리고 먼저 숙영지로 가라. 말을 보살핀 다음에는 조금 술을 마셔도 좋아. 유리는 이쪽이야!"

"예!"

"······알았어."

정파가 부하를 이끌고 서가군의 선도에 따라 이동을 시작했다.

머리까지 외투를 두른 금발 소녀도 말에서 내려 백령 곁으로 왔다.

홀로 남은 비응에게 단적으로 물었다.

"전황은?"

"순조롭습니다. 아시는 것처럼 서동 남부에 눈에 띄는 도시는 없고, 몇 개의 성채와 한촌이 있을 뿐이지요. 그리고 그저 대초원이 펼쳐져 있습니다. 현 단계에서 적군의 저항도 없으며, 군은 『난양』으로 전진을 계속하고 있습니다."

"저항이"

"없단, 말인가요."

"············."

나와 백령이 고개를 갸웃거리고, 유리는 묵고(默考)하기 시작했다.

당초의 계획으로는 전군이 『안암』에 집결.

참가하는 모든 무장을 모아 대작전회의를 할 예정이었다.

이것은 경양에서 확인한 황제의 진인이 찍힌 명령서에도 적혀 있었으니 틀림없어.

직접 작전 입안에 관여하지 않아도, 의부님이니까.

임경의 노재상 각하와 연계하여, 부재상이 폭주하지 않도록 쐐기를 박았었다.

문제는······ 전쟁을 모르는 총지휘관 나리가 약 15만의 대군에 흥분해 버려서, 우리들과 일부 병참부대의 도착을 기다리지 않고,

『늦는 자는 기다리지 말고, 침공을 개시하라!』

라고 대호령을 발해버린 것이다.

말할 것도 없이 명령 위반이지만…… 의부님에 대한 씻어내기 어려운 대항의식과 병참에 대한 낮은 의식을 미루어 볼 때, 이렇게 되는 것은 필연이었을지도 모른다.

한 번 움직이기 시작하면, 대군을 막기는 어렵다.

비응이 수려한 얼굴에 우려를 띠었다.

"……아버지와 우 장군도 경계를 하고 있습니다. 저는 두 분에게 최신 정세를 보고하는 임무를 받아, 대기하고 있었습니다."

서 장군의 고뇌를 생각해봤다.

무관보다 문관이 중용되는 이 나라에서, 남군 원수이기도 한 서 장군은 부재상의 엄명을 정면으로 거절할 수가 없었으리라.

전후에 어떤 트집을 잡을지 알 수가 없으니까.

일부러 아들을 이 땅에 남긴 것은…… 회한, 안타까움, 각오 같은 복잡한 마음이 얽힌 것이리라. 도저히 탓할 수 없다.

나는 백령과 희미하게 고개를 끄덕였다. 이럴 때 오랜 사이는 편리하다.

입가를 누르고 있던 유리가 「……저항이 없다. 다시 말해서, 상정되는 결전장은 난양……이지만……」──아직도 생각에 잠겨 있다. 조금 더 생각하게 놔두자.

송구한 기색인 비응의 어깨를 두드렸다.

"기다리게 해서 미안하다. 일단 정식 명령서의 기일에 도착했거든? ……아무리 그래도, 『장씨 가문 분들은 최후미에서 느긋하게 오면 좋을 것이다. 작전 회의에 참가하지 않아도 좋아. 우리들은 그동안 수도를 함락하도록 하지.』따위의 서간이, 일부러 따로 도착할 줄은 몰랐다고."

백령을 달래느라 고생했다.

대하 지류를 도하할 때, 나룻배 위에서 나에게 계속 불평을 토로했을 정도다.

미소년이 표정을 찡그리고, 자세한 사정을 가르쳐 주었다.

"……죄송합니다. 아버지와 우 장군이 맹렬히 반대하셨지만, 부재상 각하의 의지가 굳고, 또한 금군을 이끄는 황북작 님도 찬동을 하셔서……."

"황 장군도 부재상 파군요……."

메마른 바람이 부는 가운데, 백령은 은발을 누르면서 묵직한 중얼거림을 흘렸다.

갑자기── 그때까지 입 다물고 있던 유리가 의문을 말했다.

"식량이랑 물은? 수탈되거나, 오염되지 않았어?"

"그게, 당신은……."

비응이 금발 소녀에게 당혹하여 나를 보았다.

"유리야. 우리 군사 나리다. 서동을 잘 알지."

"대단히 신뢰할 수 있는 사람입니다."

백령도 곧장 지원해 주었다.

여기까지 오면서 야영할 때 함께 자는 일도 있어서인지, 두 사람은 꽤 친근한 사이가 됐다.

앞머리를 매만지면서 유리가 고개를 휙 돌렸다. 쑥스러운가 보군.

"……단순히 안내자야. 그래서, 어떤데?"

비웅이 당황하면서도, 전선의 상황을 가르쳐 주었다.

"『성채, 촌락의 식량도 물도 손대지 않은 채 남아 있었다』라고 아버지의 서간에 적혀 있었습니다. 또한, 황제 폐하의 엄명으로, 현지에서 약탈은 엄격하게 금지되어 있습니다. 『**우리가 징벌함은 서동왕과 그를 따르는 자들이며, 백성이 아니다**』── 지당하신 생각이지요."

"".............""

나와 백령이 입을 다물었다.

분명히 순조롭다. 기분 나쁠 정도로.

적군이 국경선에서 요격하지 않고, 『난양』까지 물러나는 것은 예측하고 있었다.

동시에 이쪽의 병참에 부담을 주기 위해, 촌락을 태운다……라고 생각했었는데.

"안 좋아……."

"무슨 뜻이야?"

"유리 씨?"

금발 소녀가 심각하게 중얼거리고, 우리를 돌아보았다.

──오른쪽 눈동자에 바닥을 모를 지혜.

"간단한 거야."

강풍이 불어, 모래 먼지와 메마른 풀을 흩날렸다.

그 속에서 두 눈을 드러낸 유리가 단언했다.

"상대는, 일부러 그런 짓을 해서 백성들에게 원망을 사지 않아도, 이길 수 있는 확실한 책략이 있어. 아마도 노림수는……『황제동주(煌齊同舟)』. 서동 백성의 마음을 【현】으로 단숨에 기울일 셈이야. 움직임을 보이는 건 영 나라 군이 수도 앞까지 나아간 다음이야."

"""…………."""

나, 백령, 비응 사이를 무거운 침묵이 지배했다.

일반적인 군략을 배웠으니, 유리의 말을 이해해 버린 것이다.

『황제동주』── 적대자끼리 목적을 위해 마음을 하나로 모은다는 고사다.

현 나라 군의 생각은 현시점에서 어느 정도, 읽을 수 있다.

돌아갈 수 없는 땅까지 우리 군을 진군시킨 다음, 기병을 이용해 후방 병참선을 차단.

이후 능구렁이처럼 야전에 응하지 않고, 수도에서 농성전마저 시야에 넣는다.

병참이 닿기 어려운 땅에서 그러한 사태가 일어나면 대군은 어찌 되는가?

어지간히 통솔이 뛰어나지 않다면…… 현지에서 약탈을 하는 수밖에 없게 된다.

그렇게 되면── 지금은 오랜 기간에 걸친 동맹 관계를 알고 있어 【영】에 대한 미움이 없었던 서동 백성의 마음이 결정적으로 【현】에 기운다.

결과적으로…… 양국은 진정한 의미로 하나가 된다.

이 책략을 세운 것이 의문의 군사라면, 상상 이상의 난적이다.

고충을 드러내는 백령이 유리에게 조용히 물었다.

"서동왕은, 어떻게 생각하고 있는 걸까요? 【현】의 속국이 되어도 상관 없다고?"

"그런 남자는 어차피 장식에 지나지 않아. 이 나라의 모든 것을 정하는 건——."

냉정침착한 소녀가 갑자기 목소리가 흐트러지더니, 헉, 하고 고개를 들었다.

고개를 숙이고, 백령에게 순순히 사과했다.

"……미안해. 하지만, 아무 책략도 세우지 않고, 수도를 향해 돌진하는 건 너무 위험하다고 생각해."

"척영?"

"척영 님?"

"……대강 유리 말이 맞을 거야. 불길한 예감밖에 안 든다."

장씨 가문과 서씨 가문의 후계자들이 견해를 묻길래, 나는 수통을 들이켰다.

미지근한 물이 목을 지나간다.

……수가 적은 우리들만이라면 어떻게든 된다.

물자도 가능한 한 많이 들고 왔으며, 경양에서 안암까지의 운송로도 확립했다.

덧붙여, 경양에서 그 업무에 관여하고 있는 것이 왕명령이다.

문제는 함정에 빠지고 있는 본진.

적 군사의 책략이 유리가 읽어낸 그대로라면, 적의 수도에서 결전은 필패를 의미한다.

조부가, 조모가, 아버지가, 어머니가…… 그리고 아이가 살해당한 서동군 10만이, 어떻게 생각하고 어떻게 움직일지는 쉽사리 상상할 수 있다. 『병사 수의 우위』라는 유일한 이점마저 잃을 수도 있다.

나는 눈을 감고, 검은 머리를 흐트러뜨렸다.

"……비응, 금방 전선에 돌아갈 거지?"

"앗, 네! 그럴 셈입니다."

"서간을 쓸게요."

백령이 의도를 짐작하고 끼어들었다. 『장백령』의 이름이 적혀있으면, 서 장군은 반드시 읽는다.

수긍하고── 파란 모자의 소녀와 눈을 마주쳤다. 이미 짐작했는지, 싫은 표정이다.

"그럼── 유리도 데리고 가서, 지금 그 내용을 서장군에게 전달해줘. 그분이라면 그것만으로 이해할 거다."

"앗, 네! 감사합니다."

"……내 의사는 고려 안 하는 거야?"

비응의 표정이 밝아지는 것에 비해, 유리는 점점 더 표정을 찌푸렸다.

나는 씨익 웃고, 은자가 든 작은 주머니를 소녀에게 떠넘겼다.

"안내 역할 일의 범주고, 상대의 군략을 읽어낸 건 너잖아? 도중에 여러모로 필요할 거야. 그건 다 써도 된다."

"——싫은 녀석."

유리가 마지못해 받고, 백령에게 충고했다.

"있지, 공주님. 생각을 고치는 건 이미 무리겠지만…… 이 사람, 반드시 다시 교육을 하는 게 좋아."

"미안해요. 나도 언제나 그렇게 생각하지만…… 좀처럼 잘 되지를 않아서."

"……야, 너희들."

"뭔데?"

"뭔가요?"

"윽……."

두 미소녀가 되묻자, 나는 신음만 내뱉을 뿐.

서비응이 잠시 어안이 벙벙해지더니, 딱딱하던 표정을 풀었다.

"그러면 척영 공, 무운을 빕니다!"

"그래, 너도!"

주먹을 서로 마주치고, 미소년은 기뻐하며 부하들 곁으로 달려갔다.

유리도 그 뒷모습을 따라 걷고,

"그렇지, 유리. 한 가지만 더 부탁한다."

나는 그 작은 등에 말을 걸었다.

그러자, 선낭은 돌아보지도 않고 왼손을 들었다.

"『도중의 성채에 투석기가 남아 있는가』—— 확인해둘게. 방치되어 있다면 좋고. ……아니면."

말은 거기서 끊어지고, 소녀가 걸어갔다.

이 철수가 명확한 의지를 가지고 시행된 거라는 증거.

숨을 내쉬고, 나는 소꿉친구 소녀의 등을 밀었다.

"우리도 가자. 서간을 써서, 유리에게 맡겨야 하니까."

*

『그럼, 놈들의 최후미를 치고 오지. 이쪽은 맡긴다── 영풍.』

말 위에서 돌아보며, 나는 미간에 주름을 만드는 맹우에게 웃었다.

젊다. 20대 전반 무렵이군.

장소는 온통 대초원. 휘날리는 아군의 깃발은 【황】.

──아아, 이건 꿈이군. 지독히도 그립다.

왕영풍의 머리칼이 흐트러지고, 기분이 틀어져 대답했다.

『네가 말 안 해도 일은 한다. ⋯⋯영봉, 주민의 식량은.』

『손 안 댄다. 뭐, 장수들이 불평불만을 하겠지만 말이야.』

적지에서의 약탈은, 난세에서 전술의 상도.

우리처럼 『약탈을 한 자는 사형에 처한다』라는 것이 기이한 것이다.

나와 함께 기본적인 군규를 정한 영풍이 큰소리를 쳤다.

『황제 폐하가── 비효명이 걷는 길은 마땅히 왕도여야 한다. 싸우지 못하는 백성의 피로 더럽혀진 패도가 아니야.』

『그렇지.』

농민 출신인 우리가 힘을 얻게 되자 백성의 고혈을 짜낸다니. ……사양하겠어.

맹우가 고뇌를 드러냈다.

『약탈이 단기적으로 편한 길이라는 건 안다. 그러나, 우리들은 언젠가 이 땅을 통치해야 하니까. 백성에게 고통을 주면.』

『언젠가 반드시 우리들의 고생이 되어 돌아온다. 지당한 이치야.』

징이 울리고, 진군이 시작됐다. 대장군인 나도 가야 한다.

말머리를 돌려——.

『응? 그러면, 반대로 적군이 약탈을 하면 어떡하지?』

문득, 신경 쓰여 물었다.

그러자 영풍이 깊게 탄식했다.

『……하아. 너는, 전장을 벗어나면 곧장 둔해지는 남자로군.』

『시, 시끄러워! 천하의 대승상님이랑 비교하면 누구든지 그렇잖아? ……그래서?』

쑥스러움을 숨기고자 호통을 치고, 말을 재촉했다.

대승상은 희미하게 눈가를 풀고, 모선을 휘둘렀다.

『간단한 것이야, 대장군. 네가 늘 하는 것처럼 하면 되는 것이지. 그저—— 그뿐이야.』

『……으응? 무슨 뜻——.』

＊

"우~웅……."

꿈에서 천천히 의식이 돌아왔다.
……누가 머리를 쓰다듬고 있네?
눈을 뜨자,
"──아."
천막 너머로 느껴지는 아침 햇살 속, 간이 의자에 앉은 백령과 눈이 마주쳤다.
이미 몸가짐을 갖추고, 오른손은 내 머리 위에 있었다.
……어라? 어째서 이 녀석이 내 천막에 있지??
표정에 드러난 거겠지. 소꿉친구 은발 소녀는 손을 자기 가슴으로 되돌리고 입술을 삐죽거렸다.
"……그, 그치만………… 어젯밤에도 얘기를 못 했으니까……."
"아~ 그렇구나아."
습관인 밤의 대화는 경양을 나선 이후, 유리나 병사들의 눈도 있어서 중지하고 있었다.
나흘 전, 서비응과 함께 전선으로 간 금발 소녀가 돌아오기 전에, 라는 거겠지.
장백령은 언뜻 냉정침착하고 완벽한 아가씨 같지만, 외로움을 잘 타기도 한다.
물론, 백령 자신이 의부님의 가르침을 답습해서.
현지 주민에게 식량이나 약을 나눠주고, 촌락 밖에 부대를 야영시키기도 해서, 행군이 대단히 순조롭기 때문인데…… 상반신을 일으키며 이불을 치우고, 은발 소녀의 머리를 톡.

백령은 불만스럽게 「⋯⋯우~」하는 소리를 흘리며 일어섰다. 목덜미가 빨갛군.

"⋯⋯좋은 아침이에요."

"조, 좋은 아침."

지금까지의 흐름은 전부 없었던 걸로 하려는 모양이다.

쓴웃음을 지으면서 머리맡의【흑성】을 손에 집자, 백령이 천을 내밀었다.

"자, 얼른 준비하세요. 오늘이야말로 아침 단련을 합니다."

"오~."

밤의 이야기 대신인가 보군.

천을 가까운 물동이에서 적셔 얼굴을 씻고, 이를 닦았다.

이번 침공에서 그나마 좋은 건, 생각보다 물이 풍부했다는 것이다.

촌락의 장로들 말에 따르면 대하에서 유래된 것이라, 건기일 때도 마르지 않는다고 했다.

"⋯⋯잠꼬대."

백령이 척척 내 이불과 간이 의자를 정리하면서, 말을 걸었다.

입을 헹구고, 천을 짜냈다.

"즐거운 기색으로 말하고 있었어요. ⋯⋯상대가 누구였나요?"

"그래? 응~⋯⋯ 행군 중이니까 조금 지친 걸지도 몰라."

이야기를 돌리고, 갈아입을 옷이 들어 있는 배낭에 다가갔다.

이 정도의 행군으로 어찌 되지는 않는다. 그렇지만,

『사실은 말이지? 나, 황영봉의 환생이야!』

……안되지. 아무리 생각해도 걱정할 거야.

나는 배낭에서 갈아입을 옷을 꺼냈다.

"아~── 백령 씨."

"뭔가요?"

의심을 드러내면서 미소녀가 눈을 가늘게 떴다.

조용한 바람 소리와 작은 새들의 지저귐이 들렸다.

"아니, 옷 갈아입을 거니까, 그동안은 밖에."

"──저는 신경 안 써요. 애당초 새삼스럽네요."

새삼스럽지 않아!

분명히 꼬맹이 때는 온천에도 같이 들어갔다.

……그러나! 적어도 방을 나눈 13세 이후, 그런 일은 없었다.

움직이려고 하지 않는 소녀에게, 커다랗게 손을 흔들었다.

"내가 신경 쓴다고! 나, 가, 라!!!"

"……어쩔 수 없네요."

구시렁대는 기색으로, 드디어 백령이 밖으로 나갔다.

……뭐든지 이유를 들어서, 밤 이야기를 재개하는 편이 좋으려나.

옷을 갈아입고, 밖으로 나섰다.

초원의 아침 해가 눈부시다. 시각은── 동틀 녘, 쯤 되는 걸까.

추위를 느낄 정도도 아니지만 꽤나 상공의 구름이 빠르게 움직인다. 비가 내릴지도 모르겠어.

때때로 들리는 말의 울음소리는 주위를 경계하고 있는 기병의 것이다.

나아가고 있는 길가에 있는 것은, 유리가 말한 것처럼 성벽은 커녕 흙벽조차 없는 가난한 촌락들뿐이었지만 경계는 게을리하지 않는다.

평화롭게 보여도 여기는 적지인 것이다.

가까이 있던 백령에게 사과했다.

"기다렸지. 자, 가자."

"…………"

입을 다문 채, 창안에 조금 분노와 강한 삐침을 드러내면서 내 곁을 걸었다.

가는 손가락이 코끝을 척 가리켰다.

"……괜찮겠어요? 군의 최후미라지만, 여기는 적지. 천막에 침입한 것을 눈치 못 채다니, 긴장이 풀려 있어요."

"그래? 하지만."

"……뭔가요?"

양손을 뒤통수에 대고, 야영지 밖으로 갔다.

뒤에서 따라오는 소녀의 얼굴을 보지 않고, 나는 솔직한 감상을 말했다.

"들어온 게 너잖아? 그러면, 방심해도 문제 없지 않아?"

"…………바보 척영."

등뒤를 톡톡 때린다. 보아하니 기분이 나아진 모양이군.

발길이 통통 튀면서, 백령이 내 앞에 나섰다. 은발을 나부끼며, 빙글 회전.

허리의 【백성】이 소리를 냈다.

"자, 다들 일어나기 전에 단련을 시작합니다. 우선 당신부터요."

"네~에 그래요."

나는 거리를 두고 눈을 감았다.

──의식이 맑아진다.

직후, 확 눈을 뜨고 발검!

칠흑의 칼날을 종횡무진으로 휘두른다, 휘두른다, 휘두른다.

마지막으로 양손에 들고, 파고들며 전력 참격!

돌풍이 휘몰아치고, 지면에 우거진 풀의 아침 이슬을 뿌렸다. 튀어 오르는 물방울이 아침 햇살에 반짝인다.

"문제없어. 다음은 네 차례야."

【흑성】을 칼집에 넣고, 나는 한쪽 눈을 감았다.

검무를 보고 있던 소녀가 묵직하게 고개를 끄덕였다.

"알겠, 어요."

창안을 감고 집중한다.

길고 아름다운 은발을 붉은색의 머리끈으로 묶고, 순백의 군장을 입은 장백령.

──그림이 되는구나, 정말로.

백령의 손이 검의 자루에 닿고,

"하앗!"

열화 같은 기합과 함께 옆으로 벤다. 이어서, 베어 올리기.

순백의 검섬이 번득이고, 속도가 점점 올라간다.

나랑 다르게, 화려하고 빠른 검무.

실전을 경험하고, 한층 더 박력이 늘어났군. 자연스럽게 표정이 풀어진다.

마지막에 자세를 낮추고, 백령은 양손 찌르기를 질렀다──.

"후우."

숨을 크게 내쉬고, 우아한 동작으로 【백성】을 넣었다. 이마의 땀이 빛에 반짝였다.

나는 손뼉을 치고, 품에서 땀을 닦는 하얀 천을 꺼내 던졌다.

"꽤 익숙해졌구나. 『검이 안 뽑혀요』라는 이야기는 착각이었나."

양손으로 천을 받은 백령이 토라지고, 잔소리를 흘렸다.

"……착각이 아니에요. 나를 놀려서, 꺅."

"어이쿠."

강풍이 불어 닥쳐, 땅바닥의 마른 풀을 휘말려 올렸다.

나는 반사적으로 거리를 좁혀, 백령을 끌어안았다.

"──아."

"괜찮냐? 지금 바람은 상당히 강했군."

품 안의 소녀에게 말을 걸고 손을 놓았다.

곧장──.

"우~! 어, 어째서, 당신은 언제나 그런 건가요! 이, 이런 걸, 갑자기 하는 건 반칙이에요?! 내, 내 입장도 좀 되어보세요!!!!!"

백령이 으르렁대며, 내 가슴을 작은 주먹으로 때렸다.

"아파, 아프다고! 어쩔 수 없잖아?! 몸이 멋대로 움직여 버렸으니까."

"헤? 그, 그건…… 저기…………."

"──어흠."

"".!""

보란 듯이 헛기침.

둘이서 시선을 흔들고 있는데 외투를 걸친 유리가 즐거운 기색으로 미소를 짓고 있었다.

"혹시…… 나, 방해됐어?"

밤을 새워서 말을 달려온 거겠지. 표정에 피로가 보였다.

비취의 눈동자에 위기감과 우려가 보였다.

"수고했어."

"수, 수고하셨어요, 유리 씨. 무사히 돌아와서 다행이에요."

백령이 소녀에게 달려가, 양손을 쥐었다.

조금 쑥스러운 기색이지만, 저항하지 않고 받아들인 선낭이 나에게 말했다.

"우선, 보고를 해둘게. 현재, 서, 우, 두 장군은 이미 수도 바로 앞의 폐성(廢城) 터에 포진. 본군의 도착을 기다리고 있어. 이르면 며칠 안에 냥양 공격이 시작될 거야."

수도까지 지척인가……. 이제 곧 움직일 무렵이겠군.

백령에게 끌어안긴 형태가 된 유리에게 확인했다.

"서 장군은 뭐라고 했지?"

"내 이야기를 진지하게 들어주셨어. 우상호에게도 이야기를 한다고도. ……다만."

유리의 오른쪽 눈에 분개와 체념이 드러났다.

【봉익】,【호아】두 장군이라 해도, 낙관주의에 완전히 찌든 본영의 분위기를, 하루아침에 바꿀 수는 없는 것일까.

파란 모자의 소녀가 눈을 가늘게 떴다.

"오는 길의 촌락에서 당신들 이야기를 들었어. 『고명한 장가군의 자제분들은 젊지만, 대단히 훌륭한 분들입니다. 가난한 마을에 식량과 약을 나눠주셨다고 들었습니다.』――지금도 옛날에도 『명장』으로 칭송받는 자는, 백성에게 고통을 주지 않고 위무한다. 고대의 황영봉이랑 같은 방침을 적지에서도 관철하다니 좀처럼 할 수 있는 일이 아니야. 남부는 교역로에서 벗어나 있으니까 북부보다 형편이 어려워…… 단숨에 소문이 퍼질 거야."

"고맙습니다. 아버님의 가르침이에요."

유리의 말을 듣고, 백령이 수줍게 웃었다.

『네가 늘 하는 대로 하면 된다.』

……효명, 영풍. 내 가르침은 아직도 살아있나 본데?

약간 감상에 빠져 있는데 파란 모자의 소녀가 백령의 구속을 벗어나, 몸을 뻗었다.

천막으로 걸어가며, 작은 손을 훌훌 흔들었다.

"……그러면, 나는 조금 잘게."

"알았다."

"정말로 고맙습니다."

난양에서 군의 최후미까지, 준마라도 편도로만 사흘은 걸린다.

그런데, 유리는 왕복 나흘 만에 돌아왔다. 상당히 무리를 해줬다.

경양에 돌아가면 감사를 해야지── 작은 등이 중간에 멈추었다.

그리고 어깨너머로 나를 보았다. 두 눈이 무시무시할 정도로 차갑다.

──오싹, 등골이 떨렸다.

"투석기는 각 성채에서 모두 철거되어 있었어. 무장도 모조리. 『잉여 전력의 추출과 집중』── 유일무이한 대승상, 왕영풍이 즐겨 쓰던 책략이야. 적 군사는【왕영】의 군략을 충실하게 모방하고 있는 게 아닐까?"

＊

"이상── 책략은 이러합니다."

서동의 수도『난양』.

주인 없는 왕궁, 그 알현의 방에 군사 하쇼 공의 조용한, 그러나 숨길 길 없는 자신이 넘치는 목소리가 울려 퍼졌다.

나는 무심코 손을 움켜쥐고, 옆에 있는 기센과 함께 고개를 끄덕였다.

『위제의 군을 안으로 깊숙이 끌어들여, 방심하도록 만든 뒤에 병참 부대를 칩니다.』

군사 나리의 책략은 필승의 책략.

그리고…… 우리들 또한『늑대의 아이』.

적이 대군이라 해도, 물어뜯을 자부는 누구나 품고 있었다.

이번 전쟁── 반드시 대승하여,『회랑』세우르 바토와『회창기』의 용명을 천하에 울려 퍼지게 하리라!

장수들도 갑옷을 일제히 두드리며 강한 전의를 보이자, 모선을 든 군사 나리도 표정을 풀었다.

"여러분, 오늘까지 잘 참아주었습니다. 과거── 선제와 제국을 배신하고, 불손하게도『황제』를 칭한 후안무치한 자를 주군으로 섬긴 자들이 설치도록 둔 것은 어째서인가?"

밖에서 강한 빗소리가 들렸다. 하늘도 우리들을 축복해주는 것 같군.

하쇼 공이 모선을 크게 흔들었다.

"그것은── 그저 승리를 위해! 위대한【천랑】의 천자, 아다이 황제 폐하의 광영이 널리, 천하의 구석구석까지 닿을 정도의 승리를 얻기 위해서!!"

심장이 뜨거워지고, 몸이 떨린다. 얼마나 큰 광영인가. 이 정도의 영예가 달리 있을 것인가?

경양 땅에서 뜻을 이루지 못하고 간 전우를 생각했다.

구엔, 귀공의 한, 지금이야말로 나와 기센이 풀어주리라!

군사 나리가 미소를 지었다.

"나는── 여러분에게 그걸 위한『책략』을 내렸습니다. 다음은 모든 것을 맡기지요.『회랑』세우르 바토 공."

"예!!!!!"

전방으로 나아가 장수들을 돌아보았다.

모두의 눈동자에 무시무시할 정도의 전의—— 이긴다. 틀림없이.

"다들, 군사 나리의 말씀을 가슴에 새겼겠지? 오늘 밤—— 우리는 궂은 날씨를 틈타 난양을 출격."

단검을 뽑아, 탁상의 지도에 박았다.

"동틀 녘에—— 적의 병참 부대에 타격을 가한다! 그리하면, 반드시 적 주력을 야전에 끌어들여, 섬멸할 수 있으리라."

옆에 선 하쇼 공, 검은 대검을 등에 진 기센과 눈을 마주치고——나는 사자후를 발했다.

"가자!!!!! 아다이 황제 폐하께 승리를!!!!!"
『오오오오오오오오오!!!!!!!!!!!!』

장수들이 함성을 지르고, 알현의 방을 일제히 나섰다.

나도 단검을 넣고, 양손을 마주쳤다.

"그러면 군사 나리! 길보를 기다려 조십시오!!"

"부탁합니다. ……기센 공."

군사 나리가 우리 군 최강의 용사를 올려다보았다.

그 표정에는 염려. 기센이 스스로 직소한 그 건에 대해서겠지.

"귀공이기에, 소수로 적의 최후미에 있는『장가군』을 치는 안을 허가했습니다. 적에게 주는 충격 효과가 크다고 확신도 하고 있습니다만, 구엔 공을 쳤다는 장태람의 딸과 아들이 종군했는지는 불명입니다. 무리는 하지 마십시오. 결전에는 【흑인】의 힘이 필요합니다."

무시무시한 벼락이 치고, 기센의 왼쪽 볼에 있는 상처가 눈에 띄었다.

"………."

우리 군 최강의 용사가 깊숙이 고개를 숙였다.

괜찮다. 기센에게 방심은 전혀 없다. 반드시 전과를 올리고 돌아오리라.

나와 『회창기』는 다른 부대를 쳐야 하지만…… 문제없으리라.

전장의 【흑인】을 막을 수 있는 자 따위, 이 세상에 존재하지 않는다.

누구보다도 듬직한 검의 스승이자 부장과 주먹을 마주치고, 이어서 하쇼 공에게 웃었다.

"그건 그렇고…… 설마 정말 비가 내릴 줄은 몰랐습니다. 그 【그분】의 예견도 제법 얕볼 수 없군요."

"……기괴하기는 합니다."

다시 어마어마한 벼락과 뇌명.

군사 나리가 점점 더 눈을 가늘게 뜨는 것을 알 수 있었다.

"다만, 날씨를 조종한다는 것은 사람의 몸으로 이룰 수 없는 일. 무언가 숨기고 있는『원리』가 있는 것이겠지요. 지금은 그 힘, 고맙게 쓰도록 하겠습니다. ……다음 결전장에서도."

＊

그날 동틀 녘── 천막을 나서자, 촌락 교외의 야영지는 하얀 안개에 뒤덮여 있었다.

어젯밤까지 계속 내린 뇌우의 영향인지, 아침 해가 뜨기는 했지만 먼 곳이 전혀 안 보인다. 경계를 하고 있는 자들 말고는 아직 자고 있겠지.

『척영, 혼자서 단련하러 가지 말아 주세요?』

뇌리에 백령의 단정한 얼굴이 떠올랐다. ……이건 산책이다. 그럼그럼.

──유리가 돌아온 지 사흘. 선봉과 본대는 합류를 한 모양이다.

이대로『난양』을 공격하는 건가. 아니면【서동】과 교섭을 하는 것일까?

비응의 서간에 따르면 의논이 분규되어 도무지 정해지지 않고…… 결정자인 임충도는 임경에서 데리고 온 수많은 여자를 거느리고, 매일 밤 유흥에 빠져 있다고 한다.

노재상 각하의 수완으로 고생하면서도 병참을 유지하고 있기에, 눈에 띄는 약탈이 시행되지 않는 것은 불행 중 다행이군.

병참부대는 태반이 명령을 받고, 우리들을 남기고 최전선으로 나아갔다.

……만약, 유리가 추측한 그대로 적 군사가 영풍의 군략을 모방하고 있다면.

불길한 생각을 품고 있는데 발 소리가 들리고, 아침 안개 속에서 정파가 나타났다.

투구와 갑옷이 젖어 있다. 자주적으로 순찰을 하는 모양이군.

손을 가볍게 들자, 놀란 기색으로 청년 무장이 경례했다.

"이것은…… 안녕하십니까! 척영 님."

"안녕. 묘하게 눈이 떠져버렸어. 이상은 없나?"

"없습니다. 다만 일부에서 『언제까지 대기야?』라는 의문이 나오고 있습니다."

"그렇겠지. 대답해주고 싶지만…… 우리도 모른다, 라고는 말 못 하니까."

나는 앞머리에 묻은 풀을 집고, 걸음을 옮겼다. 허리춤의【흑성】이 소리를 냈다.

조금씩 햇빛이 주위를 밝게 비추는 가운데 나아가자——.

"어이, 너도 꽤 빠르네. 그 녀석은 같이 안 나왔어?"

"…………."

오도카니 서 있는 수목 아래, 백령과 함께 천막을 쓰는 유리가 서 있었다.

손에는 접은 우산과 망원경, 평소처럼 파란 모자와 도사복에 외투.

꽤 오래 이 자리에 있었던 모양이다. 금발과 비취색 눈동자가 우려의 빛을 품었다.

"……눈이 떠졌을 뿐이야. 백령은 아직 자고 있어. 자고 있는데 끌어안아서 큰일이거든?"

"미안하다. 우리 여동생이 폐를 끼치네."

"여동생? 굳이 따지자면 당신이 동생이라고 들었는데?"

"견해의 차이가 있어."

쓴웃음을 지으며 나는 가볍게 고개를 숙이고, 유리 옆으로 나아갔다.

끝없이 펼쳐지고 있을 초원이 하얀 안개의 바다에 가라앉아 있다.

"어제 그 터무니없는 뇌우…… 이 계절에【서동】은 그런 식이야?"

바람이 불고, 새로운 흙냄새를 날라온다.

금발을 작은 손으로 누른 유리가 가르쳐 주었다.

"여간해선 없어. 한 해에 고작해야 손에 꼽을 정도고 언제 일어날지도 몰라. 유일하게 알 수 있는 건."

"알 수 있는 건?"

물어보면서, 나는 전방을 내다 보았다.

지금, 희미하게 말 울음소리가 들린 것 같은데?

유리가 싫은 표정으로 고개를 저었다.

"——아무것도 아냐. 어쨌든, 그런 뇌우는 이제 내리지 않을 거야."

"알았어. 정파, 경계에 나선 병사들 교대를."

내가 명령을 내리려고 한—— 그야말로 그때였다.

격렬한 말의 울음소리와 절규가 아침 안개를 꿰뚫고, 우리들의

귓전을 때려,

『오오오오오오오오오오오오오오오!!!!!!!!!!!!!!!』

""""큭!""""
다수가 겹친 포효와 이쪽을 향해 달려오는 군마의 대음향.
나는 즉시 【흑성】을 뽑았다.
아침 안개를 꿰뚫고, 빨갛게 물든 투구와 경갑을 입은 기병이
나타났다.
『적창기』라고?!
"죽어라!"
적의와 함께 적병이 무시무시한 속도로 창을 찌른다. 노리는
건 유리인가!
몸이 멋대로 움직여서, 멍하니 서 있던 금발 소녀 앞으로.
창을 양단하고, 칼을 되돌려 스치면서 적병의 몸통을 휩쓸었다.
피보라가 튀는 가운데 도약하여, 다른 기병을 걷어차 날려 버
렸다.
공중으로 떠오른 창을 다른 기병에게 던지고, 몸통을 꿰뚫어
절명시키고 착지.
전방을 보면서, 금발 소녀에게 호통을 쳤다.
"바보 자식! 가만 서 있지 말고 도망쳐!! 정파, 모두를 깨워서
지휘를 해라! 여기는 내가 막는다!! 가라!!!!!"
"읔! 아, 알고 있, 어."

"……예!"

드디어 제정신으로 돌아와 달려가는 소녀와 청년 사관을 지켜보고, 주위를 둘러보았다.

아침 안개가 걷히는 가운데, 다수의 기병—— 얼추 보니, 약 100기 정도가 우리를 멀리서 보고 있었다. 대부분 붉은 갑옷과 투구 차림. 『적창기』의 잔당인가.

그 가운데 한 명이 나에게 창을 겨누고, 어마어마한 외침을 발했다.

"장척영!!!!!!!!!!!!!!!!"

적 기병들의 얼굴에 강한 적개심과 경외가 드러나고, 차례차례 활에 화살을 메긴다.

접근전을 할 생각은 없는 모양이군.

검을 고쳐 쥐고 나는 사납게 웃었다.

"하…… 나도 꽤 유명해졌군."

적 기병 사이에 동요가 퍼졌다. 허세는 전장에서 유효한 수법이다.

——현재 상황은 틀림없이 궁지.

침공군 최후미의 우리들마저 습격 대상이 됐다.

지금쯤 아마도 모든 병참 부대가 습격을 받고 있을 것이다.

……유리는 적의 군략을 간파해냈는데.

대열 안에 있는 대장격의 외팔이 노기병이 창을 들었다. 곧장 활을 당긴다.

이 정도의 수를 처리하는 건 힘들겠는걸.

백령이 부대의 통솔을 시작할 때까지 살아남아야 하는데.

각오를 굳히고 있는데, 등에 결사적인 목소리가 부딪혔다.

"도련님, 성급하시면 안 됩니다!"

"척영 님을 지켜라!"

"방패를!"

"마구 쏴라!"

갑옷과 투구마저 제대로 장비하지 못한 열 몇 명의 고참병들이 달려왔다.

곧장 방패를 나란히 세우고, 견제의 화살을 쏘기 시작했다.

『!』

도저히 기습을 받은 군으로 보이지 않아, 적군이 일단 거리를 벌렸다.

직전까지 자고 있었을 병사들에게, 나는 불평을 했다.

"……너희들 말이다. 가능하면 백령을 지켜주면 좋겠다만."

"백령 아가씨와 정파 님의 명입니다!"

"목숨을 아끼십시오."

"이미 다른 부대도 요격을 시작했습니다."

"적은 소수입니다. 전열을 가다듬으면 어떻게든 됩니다!"

과연 지옥의 경양 공방전을 살아남은 녀석들이다. 배짱이 두둑하군.

내심 혀를 내두르면서, 나는 강궁과 전통을 받아,

"그 아가씨 녀석, 나중에 설교를 해야겠구만!"

『~~~큭?!』

방패째로 적 기병을 꿰뚫었다. 적의 노대장이 표정을 찡그리고 뭔가 외쳤다.

곧장 적 부대가, 화살을 쏘는 지원 부대와 돌격 부대로 나뉘었다.

주장(主將)인 『적랑』을 잃었다지만…… 이 녀석들의 『송곳니』는 아직도 날카롭다.

【흑성】을 한 손에 들고서, 화살을 속사하려 하는데——.

"누가, 누구한테 설교한다고요!"

은발창안의 소녀가 백마를 타고 나타나, 나를 탓했다.

머리도 안 묶고 푼 상태다. 손에는 활을 들고, 허리에는 【백성】을 차고 있었다.

화살이 날아다니는 가운데, 훌륭한 기사로 적 기병을 견제하며 임시 진지에 들어오더니 백마를 앉혔다.

곧장 말에서 내려 내 곁으로.

적의 상황을 방심하지 않고 확인하면서, 백령을 질책했다.

"……너는 부대의 지휘에 전념해."

"싫어요. 그쪽은 정파에게 맡겼습니다."

"정말이지! 이놈이고 저놈이고, 어째서, 그렇게 죽기를 서두르는 거야!!"

세 대의 화살을 동시에 쏘아, 세 기를 낙마시켰다.

즉시 반격의 화살이 수십 대 쏟아져, 가까운 방패에 박혔다.

"첫째로, 말이죠!"

백령도 화살을 쏘면서, 나를 보지도 않고 당당하게 고했다.

"전장에서 내가 있을 곳은 『여기』라고 정해져 있어요. 아무도 부정 못 해요!"

외팔이 늙은 대장 곁에 있던 적 기병이 분노로 표정을 물들이고, 사선 상에 몸을 드러냈다.

"어쩔 수 없는 녀석!"

"당신 정도는 아니에요!"

둘이 동시에 쏘아── 정확하게 심장을 꿰뚫었다.

『오오오오오!!!!!』

『큭?!』

아군의 사기가 확실하게 고양되고, 적의 사기가 흔들렸다.

이걸로 어떻게든──.

등골에 믿기 어려울 정도의 오한이 흘렀다.

"백령! 너희들도 물러나!!!!!"

"네?"

반사적으로 소녀를 끌어안고 후방에 전력으로 뛰면서, 나는 병사들에게 외쳤다.

직후── 도망치는 게 늦은 병사들이 투창에 맞고 방패와 함께 날아가 공중으로 떠오르고, 땅바닥에 떨어졌다.

『무슨?!』

백령과 지옥의 전장을 살아남은 강병들이 말을 잃었다.

나는 어안이 벙벙해진 소녀를 땅에 내려놓고, 살아남은 가까운 병사들에게 짧게 명했다.

"······백령을 데리고, 지금 당장 떨어져."

그리고 애검을 쥐고── 앞으로 나섰다.

"처, 척영!"

백령이 비명을 지르지만 응답할 여유가 없다.

적의 대열이 갈라지고, 거마를 탄, 손에 검은 대검을 든 흑발흑안의 적장이 모습을 드러냈다.

전신 검은 복장이고 왼쪽 볼에 커다란 베인 상처가 있다.

······틀림없다.

방금, 투창으로 방패와 함께 병사를 날려버린 건 이 녀석 짓이다.

남자는 거마에서 내려 거침없이 걸어오더니, 대검을 어깨에 올렸다.

이 녀석은, 괴물이다.

도저히, 수십 명의 병사로 막을 수 있는 존재가 아니다.

내가 시간을 벌지 않으면 몰살당한다.

적병이 『기센! 기센! 기센!』하고 절규하기 시작했다.

"············."

적장이 무표정한 그대로 맹렬한 소리와 함께 대검을 휘두르자── 금새 소리가멎었다.

나에게 칼날 같은 안광을 뿜으며, 이름을 밝혔다.

"【흑인(黑刃)】기센."

"……장척영이다."

내가 이름을 밝히자, 무시무시한 적장은 눈매를 내리고 억눌린 웃음소리를 냈다.

그 순간── 포효를 지르며 휘둘러 내린 대검과 요격하는【흑성】이 격돌.

불똥이 튀고, 떠돌고 있던 하얀 안개가 찢어졌다.

기센의 입술이 일그러지고, 송곳니를 드러냈다.

"──재미있구나."

"윽!!!!!"

상상을 초월할 정도로 무겁고, 빠른 참격.

애검과 대검이 접촉할 때마다, 비명 같은 금속음이 음악을 연주했다.

【흑성】이 아니었다면 첫 일격에 검이 부러졌을 거야.

그러나 충격은 다 죽이지 못하고, 너무나 큰 폭력에 한 걸음씩 물러날 때마다 온몸에 통증이 흐른다.

나는 그런 괴물 같은 적장의 공세를 간신히 흘려내고, 옆으로 휩쓰는 공격을 이용해 거리를 벌리고 물었다.

"너…… 정체가 뭐야! 어째서『적창기』를 이끌고 있지? 게다가, 그 기량.『사랑』중 한 명이냐!!"

"…………."

적장은 말없이, 대검으로 나를 꿰뚫고자 창처럼 찌르고 일직선으로 돌격했다.

믿기 어려운 일이지만…… 둘 사이의 지면이 뒤집혔다.

이게 사람의 힘이냐?!

"대화를 즐길, 생각도, 없는 거냐!"

피하려 하면—— 죽는다.

검을 양손으로 쥐고 받아 흘리려 하지만,

"크악!"

"제법……이지만, 죽어라!"

지금까지 최대의 금속음과 함께 내가 크게 날아가, 땅바닥에 떨어졌다.

기센이 곧장 몸을 돌려, 재돌격의 자세. 빠르다!

"절대 그렇겐 못 해요!!!!!"

백령이 무거운 공기를 떨쳐내는 날카로운 화살을 차례차례 기센에게 쏘면서, 난입했다.

완전한 기습이었는데 통하지 않고 대검이 일섬. 산산이 부서진 화살이 땅에 낙하했다.

——그러나, 그 결사의 행동이 전장의 공기를 일변시켰다.

아군 병사들도 백령을 본받아 활을 당기고, 적 또한 창과 활을 겨누었다.

그에 비해 기센은 나와 백령에게 날카로운 시선을 보내며, 입술을 일그러뜨렸다.

"……재앙을 부르는 은발창안의 소녀…… 장태람의 딸이군."

““………….””

우리는 답하지 않았다.

기묘한 교착이 전장을 지배하는 가운데—— 떨림이 섞인 절규가 그것을 찢어냈다. 유리다!

"모, 목표…… 검은 옷의 적장!!!!! 쏴라아!!!!!!!!!!!!!!!!"

"음?!"

새된 굉음과 익숙지 못한 화약의 독특한 냄새.

안면이 창백한 유리의 지휘를 받아, 옆에서 끼어든 병사들이 든 열 몇 개의 『화창』이 소리와 자잘한 돌을 죽통에서 토해내고, 대검으로 방어한 기센에게 다소 상처를 입혔다.

"적은 소수다! 포위해서 쳐라!! 두 분을 지키는 거다!!!"

정파의 노호가 날아오고, 나와 백령을 지키기 위해 차례차례 기병이 돌입했다.

적군에 약간 동요가 흐르는 가운데, 후퇴한 기센이 손에 든 대검이 격렬하게 삐걱였다.

"…………다음엔 죽인다. 후퇴하라!"

차가운 눈동자에 격렬한 감정을 드러내더니, 괴물은 거마를 달려 후퇴를 개시했다.

남김없이 전사자를 회수하지만 우리들은 추적할 수 없다——. 움직일 수 없는 것이다.

지평선 끝으로 적군이 사라지는 것을 확인하고, 나는 드디어 숨을 내쉬며, 【흑성】을 넣었다.

"——후우. 오?"

"척영!"

쓰러질 뻔한 것을 백령이 지탱해주었다.

울 것 같은 소녀의 옆모습에 진심을 흘렸다.

"……세상 참 넓군. 설마, 저런 괴물이 있다니. 너는 괜찮지?"

"…………네."

백령의 몸이 떨린다.

자세를 바로잡고, 얼굴을 들여다보자, 눈물을 흘리면서 작게
말했다.

"……미안해요. 나, 끼어들지 못했어. 당신을 지켜야 하는데."

"바~보."

"!"

소녀의 이마를 손가락으로 가볍게 때렸다.

"네가 구해주지 않았으면 난 죽었어. 고마워. ……또 목숨을 구
해줬군."

"…………바보."

백령이 고개를 숙이고, 내 가슴에 머리를 댔다.

등에 손을 돌리려는데—— 병사들의 미지근한 시선을 깨달았다.

"도련님, 끌어안아야죠?"

"우리는 신경 쓰지 마시고!"

『암~요! 암~요!』

"너, 너희들, 시끄럽거든! 부상자의 구호와 피해 보고를 서둘러!!"

『예!』

훌륭하게 경례를 하고, 다들 흩어졌다. ……한 명도 죽게 두고 싶지 않았는데.

백령이 고개를 들고, 입을 열었다.

"유리 씨 덕분에 살았어요.『화창』은 유효합니다."

"그래. 문제는 내구성이군."

병사들이 든『화창』은 죽통의 끝부분이 그을리고, 크게 파손되었다.

들고 온 건 이걸로 다 써버렸다. 적지에 개량형이 도착하리라고 생각하기는 어렵다.

감사를 하려고, 이번엔 금발 소녀에게 눈을 돌렸다.

"응?"

"유리 씨?"

"…………."

유리는 기센이 물러난 방향을 멍하니 바라보며, 양손으로 망원경을 움켜쥔 채 서 있었다.

안면이 창백하고, 몸을 떨고 있었다.

범상치 않은 모습이다.

""………….""

우리가 일어서서, 소녀 곁으로 가려고 한── 그때였다.

"……흑발흑안. 왼쪽 볼에 상처. 피에 젖은 대검…… 저 녀석은, 저 녀석은!!!!!"

""?!""

유리가 갑자기 절규하더니, 머리를 움켜쥐고서, 흐느껴 울기 시작하고는──.

"어허!"

"위험해요!"

갑자기 쓰러져서, 황급히 둘이서 지탱했다.

······기절해버린 모양이군.

소녀는 「······죄송합니다. ······죄송합니다, 아버님, 어머님, 언니······ 저는 모두의 원수를······」라며 잠꼬대처럼 말하고, 커다란 눈물방울을 흘리고 있었다.

흉풍이 휘몰아치고, 적과 아군의 새로운 피를 흩어놓았다.

──『금군 병참 부대, 피습. 피해 막대.』

그 소식과 최전선으로 진군 명령이, 우리들에게 도착한 것은 이튿날 밤이었다.

제4장

"아~……우~……아~……."

조하 씨와 회의를 마치고 집무실에 돌아오자, 저의 사랑스러운 주인—— 왕명령 님이, 작은 몸을 탁자에 내던지고 신음하고 계셨습니다. 두 갈래로 묶은 밤색 머리칼이 흔들리고 있어요.

애용하는 모자는 의자 위에 놓여 있고, 장씨 가문의 저택에 살고 있다는 검은 고양이가 톡톡 건드리고 있었습니다. 조금 전까지 경양은 격렬한 비가 내렸으니, 따뜻한 장소를 찾아온 걸지도 모르겠군요.

저는 고양이를 한 번 쓰다듬고, 『미결』이라고 적힌 나무 상자에 서류를 두었습니다.

내용은—— 『나룻배의 추가 파견』, 『개량형 화창의 시험 제작』에 대한 것인가 봅니다.

"지금 돌아왔습니다. 명령 아가씨, 손이 멈춰 있으신데요?"

얼굴을 탁자에 붙인 채, 아가씨가 단정한 얼굴을 이쪽으로 돌리셨습니다.

"또, 서류 추가야아? ……시즈카 심술쟁이! 척영 님이랑 만나지 못해 나날이 괴로워하는 귀여운 주인을 괴롭히는 게 즐거워?!"

"네, 참으로."

"우우우~……."

또다시 아가씨가 머리를 감싸 쥐셨습니다.

이렇게 약한 모습은 거의 보여주지 않으십니다만…… 사모하는 척영 님과, 몇 안 되는 친구인 백령 님과 유리 님이 전장에 가신 영향이겠죠.

저는 서간을 살며시 내밀었습니다.

"──그건~?"

"임경에서 왔습니다. 부재를 맡은 자가 『수도에 돌아와주십시오』라고."

『왕씨 가문』을 한 대에 영 제국에서도 손꼽히는 대상가로 키운 주인 나리와 사모님은, 한 해의 태반을 수도 밖에서 보내고 계십니다.

두 분이 부재중일 때 집안을 지휘하시는 것은, 올해 열일곱이 되는 명령 아가씨입니다.

불어 닥치는 바람을 받은 나는 검은 머리를 눌렀습니다.

……이제 없는 고국과는 상당히 다르군요.

감상에 젖어 있는데, 아가씨께서 상반신을 일으키셨습니다.

"나, 당분간은 수도에 안 돌아가는데? 적어도, 척영 님이 무사히 돌아오실 때까지는."

"명령 아가씨."

사랑스러운 주인의 손에, 저는 제 손을 겹쳤습니다.

──눈동자에 강한 의지의 색.

"이건 절대 양보 못 해. 임경의 공기도 몸에 안 좋을 것 같으니까."

분명히, 지금의 임경은 긴 번영으로 군데군데 부패가 진행되고 있습니다.

이번 엉망진창인 서동 침공도, 노재상과 부재상의 권력 다툼에서 기인했다고 합니다.

……외적이 있는데, 내분을 멈추지 않으려고 한 저의 고국과 마찬가지군요.

바다를 건너도 사람의 본질은 변함이 없는 걸지도 모릅니다.

"알겠습니다. 나중에 함께 편지의 문맥을 생각해 보죠. 주인 나리와 사모님이라면, 분명히 이해해 주실 겁니다."

그러자 아가씨는 의자에서 내려와, 힘차게 저를 끌어안으셨습니다.

"에헤. 시즈카, 너무 좋아~ ♪"

"저도 좋아한답니다."

행복이 가슴에 가득 퍼집니다.

멸망한 이국의 백성인 저를 구해주신 것은, 이 누구보다도 영리하고 상냥하신 연하의 아가씨입니다.

살짝 끌어안자, 탁상에 펼쳐진 지도와 종이쪽지가 눈에 들어왔습니다.

작은 아가씨가 품 안에 안긴 채 가르쳐 주셨습니다.

"례엄 님이 보내줬어. 지도는 경양 서방의 지역군 용이지만……."

난처한 표정이십니다. 공사가 끝날 때까지 현 나라 군이 침공을 기다릴 리가 없어요.

장 장군과 그의 오른팔인 노장 례엄 님도 깊이 이해하고 계시겠지만, 【서동】이 적에게 붙은 이상 경양 서방은 여린 옆구리를 드러내고 있는 것과 마찬가지. 위기감을 느끼신 거겠죠.

저는 또 하나의 종이에 눈길을 돌렸습니다.

"이건?"

"백령 씨가~. 부상자와 병자를 후송하고 싶대."

"병자와 부상자를 후송, 하는 건가요?"

전장에서 병사의 목숨을 빼앗는 것은 유행병과 부상입니다.

그렇지만…… 침공이 계속되는 가운데, 그러한 조치를 하는 것은 조금 신경 쓰이는군요.

명령 아가씨가 안기는 것을 멈추고, 고양이를 끌어안고 의자에 앉으셨습니다.

"대규모 전투가 일어났다는 이야기는 못 들었고, 척영 님 일행은 침공군의 최후미. 어째서 부상자가 나온 걸까?"

"자세히는 모릅니다. 모릅니다만……."

저는 아가씨가 사모하는 흑발홍안의 소년과 은발창안의 미소녀를 떠올렸습니다.

두 분은 경양 공방전에서 천하에 알려진 적의 맹장『적랑』을 치신 젊은 영웅. 의미 없는 판단은 아니겠지요.

──다시 말해서.

"『지금밖에 후송할 수 없다』고 판단하신 걸지도."

"……숫자로는 압도적으로 이기고 있는 거 아냐?"

제가 내린 불길한 예측에, 명령 아가씨는 솔직한 의문을 표했습니다. 장사에 관해서는 이재를 가지면서도, 군에 관해서는 초

보시군요.

과거를 떠올리고, 가르쳐 드렸습니다.

"전장에서, 한 명의 괴물이 전황을 뒤집는 것은 종종 있는 일입니다. 상대는 『사랑(四狼)』과 의문이 많은 군사. 척영 님, 백령 님이라 해도, 어떻게 굴러갈지 알 수가 없어요."

"⋯⋯⋯⋯시즈카."

명령 아가씨가 불안한 기색으로 저를 올려다보았습니다.

몇 개월 전, 대운하에서 수적에게 습격을 받았을 때도 태연하셨는데.

"괜찮겠지? 척영 님도, 백령 씨도── 유리도, 다들 무사히 돌아오겠지?? 왜냐면【천검】을 가지고 있는걸!"

"⋯⋯물론입니다."

천하통일을 이룬 황 제국, 그 대장군이 휘둘렀다는 수수께끼가 많은 쌍검.

전승에 따르면, 주인을 수호할 겁니다만⋯⋯.

고양이를 쓰다듬으며, 아가씨가 쓴웃음을 지었습니다.

"시즈카, 거짓말 서투르네~. 그런 표정을 지으면 나도 짐작이 가. 어려운 싸움, 인 거지?"

⋯⋯자신이 부끄럽네요.

왕명령 아가씨는 남의 기미에 민감하신 분입니다.

"⋯⋯⋯⋯죄송합니다."

"사과하는 건, 금! 지! 옛날의 나쁜 버릇이 나오는걸? 지금 우리는 어디까지나 장씨 가문의 손님. 가능한 일은 한정적이지만⋯⋯."

모자를 쓰고, 붓에 먹을 묻히더니, 술술 종이 위에서 움직입니다.

커다란 눈동자에는 의욕이 흘러넘쳤습니다.

"일단, 나룻배를 모아들이자. 임경에서 차를 마실 때, 척영 님이 재미있는 이야기를 해주셨어! 그리고 개량한 『화창』이랑—— 화약통을 보낼 준비를 해둘까? 아~주, 위험한 물건이지만, 유리라면 어떻게든 다룰 수 있을 거야. 걘 싸우는 건 싫어하지만, 『화계』? 가 제일 특기라고 했었으니까!"

아아…… 이 연하의 아가씨는 자신의 역할을, 온 힘을 다해 다하려 하고 있다.

검도 창도 활도 못 쓰고, 말도 못 타지만—— 사람은 싸울 수 있다.

그것을, 어린 날의 저도 깨달았다면. 자세를 바로잡고 수긍했습니다.

"전면적으로 동의합니다."

"고마워☆ 그러면, 얼른 나머지 서류를 끝내 버리자~♪"

새로운 종이에 붓이 움직이는 소리가, 기분 좋게 귓가에 울립니다.

그런 가운데, 저는 아가씨의 머리칼을 빗으로 빗겨주면서 결심하고 이름을 불렀습니다.

"저기…… 명령 아가씨."

"응~? 왜~애??"

붓을 멈추고, 사랑스럽게 고개를 갸웃거리십니다.

시선을 돌리고, 그래도 확실하게 감사를 고합니다.

……과거의 회한을 감추고.

"고맙습니다. 지금 제가 이렇게 웃을 수 있는 것은, 모두 아가씨 덕분이에요."

고개를 갸웃거리신 아가씨였습니다만, 금방 풍만한 가슴을 쭉 폈습니다.

"에헴! 나는 엄청 멋진 주인이지~?"

"네, 천하제일이십니다."

"후후후~ ♪ 솔직한 시즈카도 귀여워서 좋아~☆"

기분 좋게 콧노래를 흥얼거리며, 작업을 재개하셨습니다.

저는 그런 연하의 주인님에게 흐뭇해져서, 옆의 의자에 앉았습니다.

……【서동】에서 무슨 일이 일어나고 있는지, 조사할 필요가 있어요.

아무리 척영 님, 백령 님이라도 책략이 없다면── 뇌리에『선낭』을 칭하는, 고금의 전장과 고사에 정통하며, 병기(兵棋)에서 임경의 숙련자들을 압도한 금발의 소녀가 떠올랐습니다.

전쟁을 진심으로 싫어하시는 그분이, 전장에서 지휘를 할 거라 생각하긴 어려워요.

──어렵습니다만.

"척영 님과 백령 님이 용맹함을 보이고, 유리 님이 진정한 재능을 전장에서 충분히 발휘한다면…… 어쩌면."

"시즈카~? 지금, 뭐라고 했어어??"

명령 아가씨가 고개를 들고, 의문스럽게 저를 보셨습니다.

저는 몽상을 떨쳐내고, 미소를 지었습니다.

"아뇨, 아무것도. 조하 씨에게 서동의 지도를 부탁하죠. 나룻배를 모을 장소와, 『화창』이나 『화약』을 어디로 나를지 판단할 필요가 있을 거라 생각하니까요."

※

"척영 공, 백령 공, 기다리셨습니다. 갓 도착한 참이라 죄송합니다만, 아버지가 회의 전에 이야기를 하고 싶다고, 하십니다. 부대 여러분은 제 부하가 안내할 겁니다."

서동의 수도 『난양』까지 한나절의 거리에 있는 이름 없는 촌락에 구축된 야영지에, 무수한 화톳불이 준비되어 있었다.

서수봉 장군이 이끄는 남군, 그 본영이 설치된 지구의 입구에서 우리를 기다리고 있던 비응의 투구와 갑옷은 지저분하다. 표정에도 사나움이 늘어났고, 어조마저 바뀌어 있었다.

현 나라 기병의 전군 병참 부대에 대한 동시 습격이 시행된 지 열흘. 상당히 고생한 거로군.

"알았어."

"안내를 부탁합니다."

비응의 선도를 받아 포장되지 않은 길을 걸으면서, 촌락 안을 둘러보았다.

석조가 아닌 조잡한 흙벽과 목제 지붕의 주거. 창은 유리가 아니고 높은 건물도 존재하지 않는다.

침공 개시 이후로 장가군은 거의 촌락에 들어가지 않고 교외에서 야영을 했기 때문에 다소 신선하기는 하지만…… 주민의 모습은 없다. 이미 『소문』이 퍼진 거군.

중간에 본 참담한 광경── 금군의 약탈 흔적을 떠올리고, 나와 백령은 표정을 찌푸렸다.

선도하는 비응이 입을 열었다.

"무사히 도착하셔서 진심으로 안도하고 있습니다. 그쪽도 습격을── 게다가, 상대는 『적창기』였다고, 들었습니다."

"뭐 어떻게 됐지. 서 장군에게도 말했는데, 싸우지 못하는 부상자와 병자는 후송시켰어."

설득하는 게 어마어마하게 힘들었다. 우리 병사들은 전의가 너무 많아서 곤란해.

백령이 표정을 긴장시키고, 비응의 등에 차갑게 물었다.

"오는 길의 각 촌락에서 물자의 공출…… 아뇨, 말을 꾸며도 어쩔 수 없군요. 약탈이 시행된 흔적을 확인했습니다. 서 장군은 알고 계시는 건가요?"

의부님이 【호국】이라 자연스레 칭송받으며, 적국 안에서도 어떤 종류든 경외의 대상이 되는 것은 지휘 하의 군에 약탈을 일절 허용하지 않는 것이 크다.

그런 아버지를 보고 성장한 장백령이 보기에는 믿을 수 없는 폭

거인 것이다.

『무르다』라고 매도해도, 이 녀석에게 그런 광경을 보여주고 싶지는 않았다.

비응이 광장에 설치된 천막 앞에서 발길을 멈추었다. 돌아보는 표정이 어둡다.

"……그 설명도, 아버지의 입으로 하실 거라 생각합니다. 들어가시죠."

안에 들어가자, 【봉익】서수봉은 탁상의 지도를 들여다보면서 험악한 표정으로 묵고하고 있었다.

경양에서 만났을 때보다 머리와 수염에 하얀 것이 눈에 띄고, 볼도 푹 패인 것처럼 보였다.

장군이 우리를 깨닫고, 고개를 들었다.

"……와주었는가. 비응, 주변 경계를 부탁하마. 아무도 가까이 못 오게 해라."

"예!"

서씨 가문의 후계자가 싹싹하게 응답하고, 밖으로 나갔다.

용장이 가까운 의자에 앉고, 한숨을 토해냈다.

"후우…… 미안하군. 우리가 처해 있는 위기 상황을 아직도 깨닫지 못한 어리석은 자들을 계속 상대한 탓인지, 조금 지쳤다. 앉게나."

"신경 쓰지 마십시오."

"잠은 제대로 주무시는 건가요?"

우리가 제각각 대답하며 긴 의자에 앉자, 서 장군이 지휘봉을 손에 집었다.

"배려에 감사한다. ……시간이 없어. 전황을 설명하지."

역전의 용장은 표정을 바꾸며, 탁상의 지도를 몇 군데 두드렸다.

"지난번 적 기병의 우회 기습으로 병참 부대는 거의 괴멸했다. 병사의 손실은 그리 크지 않은 것 같지만, 마필의 손해는 『막대하다』라고 밖에 못 한다. 경계를 삼엄하게 하고 있던 우리들과 서군의 병참 부대는 무사했다만…… 적지에 머무를 수 있는 상황이 아니다."

"그 결과가 『각 촌락의 약탈이었다』라는 건가요? 얼마 되지도 않는 물자를 얻기 위해서……?"

옆에 있는 백령이 감정이 없는 목소리로 조용히 물었다. 무릎 위의 손이 떨렸다.

──메마른 소리.

서 장군이 손에 든 지휘봉을 꺾어 버렸다.

"우리 군이 진주하고 있던 촌락에서는 미연에 막아냈다. 서군도. 그러나…… 정작 금군이 물자가 궁한 각지에 부대를 파견, 약탈을 행했다. 총지휘관 나리와 금군 원수의 명령으로, 말이지!"

"그건……."

"제정신인가요?"

내가 말을 잃고, 백령이 오싹할 정도로 차갑게 평했다.

금군이란 황제가 직할하는 군이다.

아마도…… 아니 틀림없이, 【서동】의 백성은 앞으로 【영】을 용서하지 않는다. 최악이군.

탁자에 손을 올린 서 장군이, 필사적으로 분노를 억누르고 있었다.

"제정신인가 아닌가, 그렇게 물으면 나도 자신이 없어. ……적어도, 그토록 어리석으면서 자신을 현자라고 맹신하고 있는 임충도는 『난양』 공략을 포기하지 않았다. 나와 상호가 강경하게 주장하지 않았다면, 오늘 밤 최종 합의도 시행되지 않았을 거다."

""..............""

나와 백령은 시선을 교차했다. 사태가 상상 이상으로 지독하군.

은발의 미소녀가 똑바로 확인했다.

"서 장군은 결전에 반대하시는 거군요?"

"당연하지. ……『진다』라고는 입이 찢어져도 말을 못 하지만, 우리들은 이미 서동의 백성을 적으로 돌리고 말았다. 이러한 전황에서 『난양』을 함락한다고 해도 유지 따위 도저히 할 수 없다. 우리들은 지난 수십 년의 우방을 완전히 잃고 말았다. 백령 양."

장태람과 나란히 칭송받는 용장은 손으로 눈가를 가렸다. 커다란 어깨가 떨리고 있었다.

이분은 이해하고 있는 거다.

자신들이 패한 뒤『경양 함락』이라는 파국을.

나와 백령이 말을 잃고 있는데, 천막 바깥에서 비응이 보고했다.

"아버님, 시간이 됐습니다."

"그래, 알았다."

천하에 이름이 알려진 지 스물 하고도 몇 년.

아직도 전장에서 패배를 모르는 용장은 비장감을 드러내며 일어서, 검을 손에 집었다.

"그러면, 가도록 하지. 반드시 이겨야 하는 『전장』으로."

군 본영은 최후방의 거대한 천막에 설치되어 있었다.

실내 안에는 일부러 가져왔는지, 옥좌 같은 호화로운 의자.

그곳에 앉아 있는 것은, 벗겨진 머리에 살찐 몸의 추한 남자── 저 녀석이 임충도겠지. 눈가를 여우 가면으로 덮은 남자와 미려한 군장을 입은 장수와 이야기를 하고 있었다.

"오오옷! 수봉!!"

잘 울리는 굵직한 큰 소리가 서 장군을 불렀다. 백령이 몸을 움츠리고, 나에게 반걸음 다가왔다.

서 장군을 부른 남자는 낡은 갑옷을 입고, 머리에는 작은 모자. 형형하게 빛나는 검은 눈동자에 흑발흑염. 단신이지만, 온몸이 근육이라는 걸 확실히 알 수 있었다.

주변에 있는 자들 또한 척 보기에도 오랜 강자들이다. 비응이 귓가에 가르쳐 주었다.

"(서방의 우상호 장군입니다.)"

"(소문에 들은【호아】나리군. 그러면, 저기 가면의 남자와 화려한 장군은…….)"

"(부재상이 중용하고 있는 전조(田祖)라는 남자와 금군을 이끄는 황북작입니다.)"

……불쾌하군.

서 장군이 맹장과 환담하는 가운데「……어이, 저 계집」,「은발창안이다」,「전쟁 전인데 불길하군」,「장씨 가문의 딸이군」번쩍번쩍한 군장을 입은 금군의 장수들이, 백령을 비웃은 것이다.

이 자식들, 제대로 싸우지도 않았어.

아군이 아니었다면 당장에 때려눕혔을 테지만…… 나는 꾹 움켜쥔 백령의 손을 살짝 건드렸다.

소녀의 보석 같은 파란 눈동자가 커졌다.

"……척영?"

"신경 쓰지 마. 내가 있다."

"──네."

조금 기쁜 기색으로 고개를 끄덕이고, 백령은 내 옆에서 등을 쭉 뻗었다.

"어흠!"

"오? 거기 있는 것이【호국】나리의 따님과 아드님이군! 그래그래. 든든하군. 부재상 나리, 시작하십시다!"

서 장군과 우 장군이 강제로 이 자리의 분위기를 끊어내고, 장수들을 위압했다.

의자에 앉은 채 임충도가 백령과 나에게 한 순간만 질색하는 시선을 보내지만, 금방 지우고, 기분 나쁜 미소로 바뀌었다.

"다들, 모인 모양입니다. 그러면『난양』공략에 대한 최종합의를 시작하지요."

"이의 있소!!!!!"

곧장 우 장군이 대갈하고, 결연하게 대들었다.

"착각을 하시면 곤란합니다. 우리들은 공략에 찬동 따위 못하오!"

"‥‥‥‥‥‥칫."

성능 좋은 내 귀는, 확실하게 살찐 남자가 혀를 차는 소리를 포착했다.

서 장군이 이어서 말했다.

"부재상 나리! 지난번 대규모 기습으로 마필에 손해가 막대하며, 금군이 병참 유지에 고생하고 있는 것은 의심할 여지 없는 사실. 적은 아마도 농성책을 취할 것입니다. 그렇게 되면‥‥‥【서동】은 도저히 함락할 수 없을 것이오. 여력이 있는 틈에 퇴각을 해야 한다고 생각합니다."

남군, 서군의 장수들이 일제히 지저분한 갑옷과 칼집을 두드리며 동의를 표명했다.

그에 비해서 금군의 장수들은 불만스러워 보였다.

부재상은 후방에 대기하고 있는 여우 가면의 남자에게 뭔가를 묻고, 앞을 보았다.

"분명히 다소의 손해를 입었을 지도 모릅니다. 그러나!"

‥‥‥『다소』란 말이지.

이 어리석은 자는 육로로 병참을 유지해야 하는 전장에서 『다수의 마필과 등짐을 잃고』 『주민을 적으로 돌렸다』의 의미를 이해 못 하고 있다.

"우리들은 15만! 그에 비해서 적군의 수는 고작해야 5만에 지나지 않습니다. 강공하여, 꺾어 짓밟아 버리면 되는 것입니다! 이미 물자 조달도 끝났습니다. 여기서 일전을 치르지 않고서— 언제 싸우라 하는 것입니까? 용명을 날린, 우 장군과 서 장군이라고는 도저히 생각하기 어려운 말입니다."

──좁은 실내에 농후한 살기.

우 장군의 관자놀이에 혈관이 떠올랐다.

"……뭐라고? 원인을 따지자면, 네놈이 명한 약탈이──."

"상호."

검의 자루에 올라간 손을 막고, 서 장군이 이름을 불렀다.

그리고, 날카로운 시선으로 일절 표정을 바꾸지 않은 장수를 꿰뚫었다.

"황북작…… 귀하는 어떤가? 금군은 공략 작전을 바라고 있는가?"

"우리들은 황제 폐하의 신임을 받은 총지휘관 나리를 따를 뿐입니다."

뻔뻔한 대답. 거슬리는 앞머리를 손으로 떨치고, 북작이 자신만만하게 말을 이었다.

"그러나── 남군과 서군이 바라지 않는다면, 어쩔 수 없지요. 우리 군으로만 『난양』을 함락하여, 오명을 씻어내도록 하겠습니다."

"말 잘했다! 그래야── 금군을 이끌 자격이 있는 명장!!"

부재상이 갑자기 찬사를 보내고, 남군과 서군의 장수를 깔아보았다. 조소했다.

"그리, 된 것입니다. 나약함에 사로잡힌 두 장군과 장수들은, 손가락이라도 빨면서 우리들의 승전보를 기다리면 되는 것이지요."

『~~~큭?!』

위험해. 이건 위험하다.

제대로 싸워오지 않은 금군과 달리, 남군과 서군은 침입을 반복하는 타국의 병사나 만족과 계속해서 싸워왔다. 그들에게 『나약하다』는 금구(禁句). 비응마저도, 눈이 벌게졌다.

　꽝음을 내면서, 우 장군이 주먹으로 탁자를 내리쳐 분쇄했다.

"내가…… 이 우상호가 나약하다고?! **흘려 들을 수가 없군!!!!!**"

"**상호!** ……다들 진정하라."

　격해진 맹장에게 서 장군이 일갈했다.

　매처럼 날카로운 눈빛으로 부재상과 황북작을 보고, 다시 호소했다.

　"……우리들을 노엽게 하여 참전을 시키려 해도 소용없다. 난양의 적군은 우리들을 끌어들여, 만반의 준비를 갖추고 결전을 하고자 한다. 적군이 정말로 5만 정도인지도…… 현지 주민의 협력을 얻을 수 없는 상황에서는 확인할 수단이 없어. 아직도 모습을 보이지 않고, 그 규모마저 정확히 파악되지 않은 서동군이 참전할 가능성도 높은 상황이다."

　"배신자가 나선다면, 그것이야말로 호기—— 서동병은 어차피 약병입니다. 우리들의 적이 못 되지요. 【삼장】분들은 역전을 자랑하고 계십니다만…… 우리들 금군 또한, 전장에 나서면 전과를 올릴 수 있습니다."

　금군 원수가 믿을 수 없는 말을 지껄였다.

　의부님과 두 장군에 대한 대항심을 이유로 수도 공격을 감행하시겠다?!

　정신이 아득해진 참에, 여우 가면의 남자가 옻칠이 된 상자에서 두루마리를 꺼내, 충도에게 공손히 내밀었다.

살찐 부재상이 자리에서 일어나, 비웃음을 더욱 짙게 만들었다. 어마어마한 오한.

두루마리를 펼치자──『용』의 문장이 보였다. 장수들이 격하게 동요했다.

"서 장군, 우 장군──『난양』 공략은 황제 폐하께서 바라시는 일입니다."

……당했다.

설마, 황제를 구슬렸다니.

깊게 숨을 내쉬고, 우 장군이 토해냈다.

"──**명을 받들겠습니다.**"

아아, 안돼.

여우 가면의 남자가 입술 끄트머리를 일그러뜨렸다.

서 장군이 양 주먹을 마주치고, 고개를 숙였다.

"부재상 각하…… 무례를 저지른 것, 부디 용서를 바라오. 내일 결전에는 우리들도 전군을 동원해 참진하여, 이 자리의 추태를 씻어내고자 하니…………."

다른 장수들도, 살찐 남자에게 농후한 살기를 보내면서 제각각 찬동을 표했다.

목적을 달성한 임충도는 기름기가 진한 땀을 소매로 닦으면서, 만족스럽게 여러 번 고개를 끄덕였다.

"──알면 되는 것입니다, 알면."

우 장군이 눈을 감고, 서 장군이 검의 자루에 손을 올렸다. 떨고 있다.

그것을 깨닫지 못하고, 어리석은 부재상이 드높이 선언했다.

"내일, 우리들은 위대한 승리를 얻게 될 것입니다. 각 장수의 분투를 기대합니다. ──장씨 가문 분들은 서 장군의 후위에 따르십시오. 내 온정에 감사하세요."

＊

『헤에, 거기 두는구나. 그러면, 다음은── 여기다.』

『앗!』

앞머리로 두 눈을 가리고 있는 청년이 가는 팔로, 병기의 반면에 말을 놓았다.

아군 진지는 중앙에서 분단되어── 아무리 봐도 열세다.

햇살 막이 아래인데도 내 이마에 땀이 흘렀다. 달라붙은 금발이 기분 나쁘다.

대국을 보고 있던 여우 가면의 노인과 도사복 차림에 긴 보라색 머리칼의 요염한 미녀【그분】이 입을 열었다.

『호오…… 지금 둔 수는 제법 좋습니다. 『유리』라는 이름이었던가요. 당신이 죽이지 않고 일부러 키울 만합니다. 우리 하쇼에겐 당해내지 못하는 모양입니다만.』

『시끄럽구나. 승부는 마지막까지 모른다. 이제 그만 깨닫는 편이 좋을 것이야? 별의 움직임에만 너무 매달리는 것이 아닌가?』

괴롭다. 괴롭다. 괴롭다…… 이건 꿈. 8년 전의『연경』이다.

『우리들은 진리를 탐구하는 것에 지나지 않습니다. 자신의 욕망을 이루기 위해, 몇 안 남은 선경을 불태우고, 사람을 잡아다 양육하고 있는 당신에게는 이길 수 없지요.』

『남들 듣기에 안 좋군. 나는 언제든지 진심인 것이야. 물방울마저도, 긴 시간을 들이면 바위를 꿰뚫는 법. 언젠가 반드시『선술』의 부흥을 이룰 것이야. ──유리, 마무리를 짓거라.』

손에 들고 있던 부채를 힘차게 닫고, 부모님의 원수인 미녀는 차갑게 나에게 명령했다.

몸이 격렬하게 흔들리고, 어색하게 응답했다.

『……윽, 네.』

『? 무슨 말을 하는지 모르겠군요. 여기서 네가 이길 수는──.』

작은 손으로, 살짝 돌출된 상대의 말에 말을 가져갔다.

하쇼라고 불린 청년이 의문스러운 표정을 짓더니,

『무슨…….』

가는 눈을 부릅떴다.

──방금 전까지 반면을 압박하고 있던 말이 급사했다.

머리칼을 헝클어뜨리며 필사적으로 수를 읽지만…… 이윽고, 이를 악물면서 말했다.

『졌습, 니다.』

나는 크게 숨을 내쉬고, 떨리는 왼손을 오른손으로 눌렀다.

……만약 졌다면, 미녀에게 어마어마한 꾸지람을 들었을 것이다.

노인이 입술을 일그러뜨리며, 경탄했다.

『어허…… 【왕영】의 군략을 가르친 하쇼가, 이리 앳된 아이에게 패하다니!』

『큭큭큭. 당연하지. 유리는 내가 군략을 불어넣었다. 그에 더해서.』

말하지 마! 떠올리게 하지 마!!

귀를 막고 싶어도 움직일 수 없다. 당시의 나는 그 정도까지 지배당하고 있었다.

부채를 펼치고, 미녀가 진심으로 즐겁게 웃었다.

『이미 전장에도 내보냈으니. 거기 있는 애송이와는 애당초 『두께』가 다른 것이야.』

『……감복했습니다.』

노인이 깊숙하게 고개를 숙였다.

눈앞의 청년이, 나를 지금 당장 죽일 것처럼 노려보았다.

『힉.』

무심코 비명이 흐르고, 황급히 양손으로 억눌렀다.

다행히 노인과 미녀에게는 안 들린 모양이다.

『그대, 그 아이, 우리에게 주지 않겠습니까? 【현】의 황제는 병이 무거워, 목숨이 얼마 남지 않았습니다. 이제 곧, 최후의 대승부로 대하를 건널 심산인 것 같습니다만.』

『이길 수 없겠지. 장씨 가문의 애송이는 진짜배기 범이야. 방심하면 잡아 먹힐 거다.』

──장태람. 미녀가 종종 찬사를 보내는【영】의 명장.

대하를 건너고자 하면 반드시 막아설 것이야. 부채로 입가를 가리고, 미녀가 씨익 웃었다.

『그래서? 유리를, 다음 황제에게?』

『네. 애초에 하쇼를 생각하고 있었습니다만, 일곱 살 짜리 어린 아이에게 져서는…… 그 자리에서 버티지 못할 것입니다.【현】은 천하통일을 해주어야 합니다.』

『…………큭.』

청년이 숨을 삼키고, 몸을 경직시켰다.

어쩌면, 이 인물도 나와 마찬가지 처지인 걸지도 모른다.

쓸모가 없으면 버려진다.

미녀의 무섭고도 아름다운 보라색 눈동자에 흥미가 나타났다.

『제법 힘을 쏟는군? 차기 황제…… 그 정도의 사내인가?』

『예. 누가 뭐래도 그자는──.』

강풍이 소리를 지웠다. 동시에 결심했다.

……『난양』에 돌아가면 도망쳐야지.

안 그러면, 나는 지금과 비교도 안 되는 사람들을 내『군략』으로 죽이게 된다.

이야기를 다 들은 미녀가 어안이 벙벙해지더니, 직후에 사나운 웃음을 지었다.

『진정 그렇다면 재미있군, 재미있어! 드디어【천검】도 필요할지 모른다.『황영이 최후를 맞이할 때, 노도의 거암을 베었다』따위의 전승은 아무리 그래도 과장이 있을 것이지만…… 천하를 진정으로 다스리기 위해서는 그러한 것도 필요해진다. 뭐, 발견을 한다 해도 뽑지 못하겠지만.』

미녀는 눈을 가늘게 뜨고, 뜰에 피어 있는 복숭아의 나무에 선망의 시선을 보냈다.

『역사상, 그 쌍검을 전장에서 휘두른 것은 황영봉밖에 없음이라. ……유리 일은 생각해 보지. 버려도 아깝지 않으니까.』

＊

"윽! …………허억허억허억."

나는 가쁜 숨을 내쉬면서, 이불을 확 걷어냈다.
……옛날 꿈이라니, 최근에는 이제 꾸지 않게 됐는데. 지난 며칠은 몸 상태도 안 좋다.
원인은 이해하고 있다.
흑발흑안, 왼쪽 볼에 베인 상처를 가진, 검은 대검을 휘두르는 남자── 내 부모님과 언니, 일족 모두를 죽인 기센이란 이름의 원수를 드디어 만났기 때문이다.
손을 뻗어, 협궤 위에 놓인 천을 집어 땀을 닦고, 실내를 둘러보았다.
침대 말고는 아무것도 없는 인기척이 없는 방. 벽에는 작은 등불이 흔들리고 있었다.

척영과 장백령이, 일부러 촌락의 빈집을 확보해준 것이다.

……그 두 사람, 명령에게 사전에 들은 것 이상으로 무르다.

멍하니 있는데 너덜너덜한 문이 열리고, 은발창안에 군장 차림의 미소녀── 장백령이 대나무 수통을 들고 들어왔다. 허리에는 【쌍성의 천검】 중 한 자루를 차고 있었다.

"유리 씨, 몸 상태는 어떤가요?"

동성이면서 믿을 수 없을 정도로 단정한 얼굴을, 백령이 나에게 접근시켰다.

걱정스레 대나무 수통을 건네길래, 고개를 숙였다.

"……괜찮아. 고마워."

물을 마시자, 마음이 진정됐다. 창으로 보이는 달밤을 바라보았다.

"그 녀석은 같이 안 왔어?"

"척영이라면 서 장군, 우 장군에게 붙잡혀서 얘기하고 있어요. 그 사람, 옛날부터 연상에게 인기거든요. ……그리고, 나도 언제나 함께 다니는 게 아니니까요."

백령은 흔들림 없이 응답하고, 가까운 의자에 앉았다.

언뜻 평정을 꾸미고 있지만 손으로 검의 자루를 만지작거리며, 명백하게 불만스러워 보인다.

나는 미소녀를 놀려봤다.

"하지만, 사실은 계속 함께 다니고 싶은 거지?"

"그건…… 뭐, 그렇지만요…….."

오물오물거리며 말하고, 백령은 아름다운 은발을 만졌다.

앳된 티가 남은 삐친 표정으로 말했다.

"……유리 씨는 심술쟁이네요. 명령의 영향인가요?"

"꼬맹이 상인이랑 똑같이 보지마. ……신세를 지고 있기는 하지만. 회의는?"

임경에 갈 때마다, 투차로 나를 한껏 이기고, 귀찮기 짝이 없는 물건 찾기를 시키는 소녀.

불평할 것은 산더미처럼 있지만…… 천애 고독하여 의지할 지인이 없는 나에게 그 애와 시즈카는 소중한 은인이며, 친구다.

백령은 키득 웃음을 흘렸다. 긴 다리를 꼬고―― 달을 바라보면서 장이라도 보러 가는 것처럼 결정된 작전 내용을 가르쳐 주었다.

"내일 이른 아침―― 전군은 『난양』으로 진격. 공략전에 임합니다."

나는 눈을 깜박이고, 이해하려고 노력했다.

일부러 천천히 물을 마시고, 아름다운 창안과 눈을 마주쳤다.

"……진심이야? 병참에 커다란 불안이 있는 가운데 대군이 틀어박힌 수도를 강공한다고? 이쪽은 공략전이라고 생각하지만, 적은 야전으로 나설지도 모르는데?"

"부재상 각하는 그렇게 생각하는 것 같아요."

"…………어리석네."

영 나라 군이 약 15만인 것에 비해 현 나라 군은 약 5만. 숫자의 우위는 있을 지도 모른다.

그러나, 각 도시의 약탈을 한 결과…… 지금까지 소극적이었던 서동군도 영 나라 군에 증오를 품고 있을 것이다. 무엇보다 백성을 적으로 돌려 버렸다.

난양에 틀어박히면…… 단시간에 함락시킬 수 없다.

『황제동주』의 계략은 이루어졌다.

백령이 작은 주머니를 내 무릎 위에 놓았다. 묵직하다.

"이건?"

"노잣돈입니다. 말과 식량도 준비했어요. 오늘 밤 안으로 진중에서 빠져나가세요. 척영도 동의했어요. 『전쟁을 싫어하는 군사님을 끌어들일 수는 없지』라고 했어요."

"……당신들은 어쩔 건데?! 최악의 경우."

그 이상 말을 못 한다. 나오지 않는다.

『대군으로 침공해온 영 나라 군이 수도를 공격하게 만들어, 【서동】 주민 앞에서 섬멸한다.』

적 군사는 아마도 그런 것을 꾸미고 있다.

각 성채에서 날라온 투석기도, 그걸 위해서…….

백령은 눈으로 나에게 감사를 표하고, 우아하게 일어서더니 결연하게 각오를 드러냈다.

"나는 장태람의 딸입니다. 병사를 버릴 수는 없어요. ……무엇보다도."

난처한, 그렇지만 행복한 미소.

긴 은발이, 달빛에 반짝였다.

"척영은…… 내가 없으면 무리하고 무모한 짓만 하거든요. 어차피 이번에도 『백령과 병사들은 무슨 일이 있어도 구한다』 같은 생각을 하고 있는 게 틀림없어요. 난처한 사람이에요."

아아…… 이 애는, 진심으로 흑발홍안의 소년을 사랑하는 거구나.

그를 구하고, 그의 곁에 서서, 그와 함께 달리기 위해서라면, 자기 목숨을 위기에 드러내는 것조차 주저하지 않을 정도로.

조금…… 부럽다. 동시에 이 애를 죽게 만들고 싶지 않다. 필요한 것은 내가 남을 이유다.

묵고한 다음 소녀의 검을 가리켰다.

"있지, 그 검…… 당신도 뽑을 수 있지?"

"뽑을 수 있어요."

그렇게 말하고, 백령은 몇 걸음 뒤로 걸어가── 발검.

일격. 이격. 삼격. 순백의 검신이 섬광을 번득이며, 예쁜 소리를 내고 칼집에 들어갔다.

나는 말을 잃었다. 이 애는…… 자기가 지금 이룬 위업을 이해하고 있는 걸까?

『【천검】을 뽑은 자, 곧 천하의 패권을 외칠 자격을 얻음이니.』

벗이 맡긴 쌍검을 차고, 천하를 통일한 황 제국 대승상이 남긴 말이다.

이후로, 수많은 권력자가 【천검】을 찾아다녔다. ……복수의 힘을 바란 나도.

척영도 그렇고, 이 애도 그렇고…… 어떻게 된 거지?

백령이 포근하게 표정을 풀었다.

"처음에는 뽑지 못했어요. 하지만, 드디어 요령을 알게 됐어요."

"……그 요령, 물어봐도 돼?"

【천검】에 흥미가 있는 건 정말이다. 그렇지 않다면, 명령의 의뢰도 받지 않았다.

하지만── 그건 구실.

아무래도, 나는 스스로 생각하는 것 이상으로, 눈 앞의 소녀나, 소녀가 사모하는 사람과 지내는 나날이 즐거웠던 모양이다. 힘이 되고 싶었다.

평소에 냉정한 백령의 거동이 수상해졌다.

"그~게…… 저기, 말이죠…………."

"? 왜 그래??"

나는 고개를 갸웃거렸다.

은발의 소녀는 실내를 주의 깊게 둘러보고, 귓가에 속삭였다.

"(……척영을 생각하면, 자연스럽게. 그 사람에겐 절대로! 비밀이에요?)"

기가 막혀서, 빤히 바라보고── 웃음을 터뜨렸다.

"──푸흡."

"우, 웃지 말아 주세요!"

"그, 그치만…… 후후후, 명령이 들으면, 토라지고 삐칠 것 같아."

경양에 있는 꼬맹이 상인의 얼굴이 떠올랐다.

최대의 연적을 도와줘 버렸다는 걸 알면, 그 애는 상당히 흐트러질 거야.

『유리! 이번엔 나를 도와주세요!!』

한 차례 웃고── 아무것도 아니란 어조로 이야기를 시작했다.

"나는 말이야…… 천애 고독한 몸이야. 부모님과 언니, 일족 모두가 살해당했어. 요전에 습격해온 기센이란 남자에게. 아, 『선낭』이라는 건 정말이야."

뚱했던 백령의 표정이 돌아왔다. 대단히 걱정하는 모양이다.

"【서동】에서 머나먼 서쪽── 백골 사막 안에 있던 『호미(狐尾)』란 선향에서 나는 태어났어. 옛날에는 잔뜩 있던 굉장한 방술을 쓰던 선인이나 선낭도 수가 줄어들어서…… 당시에는 100명도 안 됐을 거야. 아무도 술법 같은 거 못 썼고."

엄격하고도 따스했던 아버지. 언제나 상냥했던 어머니. 나를 감싸고 죽은 언니.

……지난 10년간, 하루도 잊은 적이 없었다.

"다섯 살 생일에 습격을 받고, 붙잡혀서…… 끝도 없이 군략을 배웠어. 첫 출진은 여섯 살. 산적이 상대였어. 자기 군략으로, 사람이 풀썩풀썩 죽어갔어. 나에게 군략을 가르친 여자는 『내기용으로 가르쳤다』라고 했어. 정신 나갈뻔한 적이 한두 번이 아냐."

"…………여섯 살."

백령이 두 눈을 부릅떴다. 복도에서 삐걱이는 소리가 들렸다.

"나를 잡아 오도록 명령한 건【서동】의 심연에서 꿈틀거리는【그분】이라는, 『선술』부흥에 집념을 불태우는 여자였어. 나 말고도

열 몇 명의 아이들이 모여서, 책을 읽거나, 단련을 받거나…… 때
때로 사라졌어."

옛날에는 몰랐지만, 지금이라면 알 수 있다.

사라진 아이들은 죽었거나, 팔려간 것이다.

【그분】은 자신의 욕망을 위해서, 우리들을 연마시킨 것이다.

나는 손을 쥐고—— 한 송이 하얀 꽃을 만들어냈다.

"이 힘을 봤을 때, 그 여자는 광희난무했어.『선술의 부흥이 가
깝다!』라고 하면서. ……결국, 이것 이상은 전혀 안 늘고, 멋대로
실망해서 흥미를 잃었지만. 덕분에 여덟 살 때 도망칠 수 있었어.
추적자도 없었고, 아무래도 좋았던 거겠지. 그 뒤에—— 너덜너덜
한 상태로 임경까지 도망쳐서, 객사할 지경일 때 명령을 만났어."

가만히 들어주던 소녀의 눈동자에 눈물이 그렁그렁했다. 하얀
꽃을 건네고, 자조했다.

"장백령, 당신은 이상하네. 왕명령도 이상하지만…… 보통은
나 같은 거 신경도 안 쓰는데."

실제로—— 명령을 빼고서, 나를 적극적으로 도와준 사람은 없
었다.

이 시대, 사람들은『사람의 죽음』에 너무 익숙해져 있었다.

설령 그곳이 고금 전무한 대도시『임경』이라 해도. 백령은 눈을
가늘게 뜨고 꽃을 보았다.

"유리 씨는 아주 조금, 옛날 나와…… 척영을 만나기 전의 나와
비슷해요."

"당신이, 나랑?"

도저히 믿을 수가 없다. 『은발창안의 여자는 재앙을 부른다』 같은 곰팡이 핀 미신 탓일까?

미소녀가 가르쳐 주었다.

"제 아버지—— 장태람은 철들 무렵부터 『영웅』이었어요. 그 딸인 저는, 비슷한 나이의 친한 친구가 한 명도 없고, 어머니도 일찍 돌아가신 탓에, 내심 계속 고독을 품고 있었어요. ······당시는 조금 절망하고 있었을지도 몰라요."

잊을 뻔하지만, 이 애의 성은 『장』 씨다.

영 제국 북부의 백성이라면 모르는 자가 없으리라.

양손을 허리에 대고, 빙글 돌아 백령이 돌아보았다. 오늘 밤 최대의 달빛이 쏟아졌다.

"하지만······ 10년 전, 척영이 저택에 왔을 때, 확실하게 알았어요. 『나는 이 애랑 계속 함께 살아가는 거다. 그러니까 이제——고독하지 않아』라고. 실제로 그랬어요. 뜻밖에 저의 감은 잘 맞는 편이거든요?"

——여자애가 이런 표정을 짓게 만드는, 흑발홍안의 청년은 책임을 져야 한다고 생각했다.

백령이 나에게 미소를 지었다.

"유리 씨, 세상은 아직 살만해요. 저는 매일 당신과 이야기하는 걸 진심으로 기쁘게 생각했어요. 동성이면서 비슷한 나이의 친구는 명령밖에 없었으니까요."

——『친구』.

시야가 흐려지고, 눈물이 볼을 흘렀다.

황급히 소매로 닦고, 쑥스러움을 감추고자 야유했다.

"역시…… 당신 이상한 애야."

"유리 씨도 그렇거든요? 명령과 비슷할 정도예요."

""——픕.""

동시에 웃음이 터졌다. 아무래도, 내 결단은 틀리지 않은 모양이야.

"오? 뭐야, 뭔데?? 꽤 즐거워 보이네."

문이 열리고, 척영이 안으로 들어왔다. 손에는 둥글게 만 지도를 들고 있었다.

우리는 서로 얼굴을 마주 보고,

"비밀이에요."

"비밀이야."

사이 좋게, 혀를 내밀었다.

협궤에 지도를 두고, 척영이 어깨를 으쓱거렸다.

"그래요 그래. 아, 유리. 이야기 들었지? 얼른 진중에서 빠져나——."

"전쟁은 싫어하고, 천하의 형세 같은 건 요만큼도 흥미가 없지만."

말을 가로막고, 나는 침대에서 내려섰다. 모자를 손에 집었다.

창문까지 걸어가서, 언젠가『장』씨 성을 얻을 소년과 자연스럽게 그 옆에 다가선 소녀에게 힘차게 통고.

"요즘 세상에서, 아무도 못 뽑아야 할 【천검】을 휘두르는 당신들에게 흥미가 있어. 수수께끼를 해명할 때까지 죽게 만들 수는 없으니까."

──내 재능은 분명 수많은 사람을 죽인다.

그렇지만, 동시에 생명의 은인과 친구의 목숨을 구할 수 있을지도 모른다. 뭘 망설일 필요가 있을까?

어차피 내 손은 피로 물들어 있다. 반드시…… 모두의 원수를 갚을 거야.

앞머리를 손으로 떨쳐내고, 모자를 쓰면서 웃었다.

"그러니까── 내가 당신들의 군사가 되겠어. 이제 와서『싫다』라고 하진 않겠지?"

"……아니, 그건."

"부디 부탁드려요."

척영이 소꿉친구 소녀를 노려보았다.

"야! 백령."

"저는 전장에서 당신을 지켜야 해요. 대국을 내다볼 수 있는 지혜로운 자가 필요합니다. 유리 씨라면 신뢰할 수 있어요."

척영은 잠시 생각에 잠기고── 차분하게 협궤 위의 하얀 꽃을 집었다.

그리고, 은발 소녀의 앞머리에 꽃을 끼웠다.

"──알았어. 잘 부탁한다. 군사 나리. 새삼 장씨 가문의 척영

이야."

"장백령입니다."

달빛 아래서, 유품인 망원경을 빙글빙글 돌리고── 자기소개를 했다.

"호미의 유리야. 마음 푹 놓고 나한테 맡겨. 설령, 어떤 함정이 기다리고 있어도── 당신들을 반드시 살려서 경양으로 돌려보내 줄게. 절대로."

*

"이, 이건, 대체…… 어째서 적군이 밖에?!"

난양 근교의 작은 언덕. 내 후방의 정파가 아침 안개 속에서 꿈틀대는 적군을 보며 경악의 목소리를 흘렸다.

초원의 바다에 펼쳐진 적 전열 후방에는, 흐릿하게 수도의 결코 높지 않은 성벽이 보인다.

소수의 병사인데도 성을 등에 지고 포진. 전생에서 영풍의 명에 따라 같은 일을 했었다.

그때는 책략이고 뭐고 아무것도 없었다. 그저 장병의 분전을 기대했을 뿐이었지만.

왼쪽 옆의 백령이 애마를 몰아 다가왔다.

"척영, 그 투석기가 보이나요?"

"밖에는 없어. 그밖에는…… 안 되겠다. 안개에 가려 아무것도 안 보여."

망원경을 들여다 보면서 유리가 말을 몰며 담담하게 자기 생각을 말했다.

"『배수의 진』이 아닌『배성의 진』이라고 해야 할까. 일부러 방어면의 우위를 버리고 야전에 임한다── 어지간히, 책략에 자신이 있는 거구나. 중앙에는 적의 모습이 안 보이지만…… 고사를 따랐다면 호를 파고 복병을 숨겨서, 심리적으로 상대를 기습하는『복호(伏狐)의 계』를 병용했을 거야."

"금군이 자중해주면 좋겠는데."

이마에 손을 대면서 탄식하고 있는데, 시야에 몇 개의 가는 수목이 들어왔다. ……응?

소녀 군사도 깨달은 모양이지만 뭔지는 모르는 모양이다.

망원경을 집어넣고, 냉혹하게 결론을 내렸다.

"적군 주력은 사전 정보에 따르면, 『회랑』이 이끄는『회창기』. 병사의 수는 약 5만. 그리고 위치를 파악할 수 없는 서동군. 그에 비해서 아군은 총수 15만에 이르지만, 무슨 생각인지 5만이 후방에서 움직이지 않아. 이대로 돌격하면, 질 거야."

아군의 포진은 중앙에 금군 5만. 좌익에는 우가군, 우익에는 서가군, 각 2만 5천.

임충도는 후방 본진이라고 하면서 5만을 쥐고, 가장 후방을 진군하고 있을…… 것이다.

결전을 앞두고, 총지휘관이 전장에 도착하지 않다니.

내가 말 머리를 돌리며 각자에게 지시를 내렸다.

"백령, 따라와 줘. 서 장군을 만난다. 유리, 정찰을 부탁해. 정파, 경계를 게을리하지 마라."

"알겠어요."

"알았어."

"예!"

말로 언덕을 내려가, 백령과 함께 살기가 피어오르는 서가군 안을 나아갔다.

떨어진 장소에서 서비웅이 병사들을 고무하고 있다. 대화를 할 여유는 없겠군.

목적한 인물은 금방 찾았다.

"말도 안 된다! 이제 와서 겁을 먹었는가!!!!!"

낡은 투구와 갑옷 차림의『봉익』서수봉이, 화려한 군장의 남자── 금군의 전령병에게 호통을 쳤다.

"부, 분명히 전했습니다……. 그, 그럼………….."

전령은 겁을 먹은 모습으로 말을 타고, 나와 백령 옆을 지나가 도망치듯 달려갔다.

울분을 참을 길 없는 모습의 용장에게 다가가, 말을 걸었다.

"서 장군."

"지금 그건 금군의……?"

용장은 험악한 표정으로 돌아보고, 고충을 드러냈다.

"……척영과 백령 양인가. 미안하다. 전쟁 전에 꼴사나운 모습을 보였군."

서방의 아군에게서, 끓어오르는 포효.

개전 전에, 【호아】 우상호가 아군을 격려하고 다니는 것이리라.

서 장군이 초원의 바다를 달리는 적 기병을 노려보았다.

"지금 막 전령이 왔다. 임충도는 금군의 절반, 5만과 함께 야영지에 머무르고 있다. 『용이 토끼를 사냥하는데 전력을 다할 필요는 없다』라고 하더군? 지휘권은 황북작에게 넘어갔다.

"'큭?!'"

우리는 경천동지할 사태에 의식이 날아갈 것 같았다.

『최대의 적은 어리석은 아군이다!』

영풍이 취할 때마다 토해낸 말을 떠올렸다. ……예상을 넘어서 최악이다.

숨을 깊게 들이쉬고 각오를 굳힌 뒤, 나는 말을 몰아 장군 앞으로 나아갔다.

"서수봉 장군, 의견을 아뢰옵니다!"

용장의 눈썹이 움찔, 움직였지만, 나는 상관하지 않고 말을 이었다.

"후퇴하지요! 지금이라면 아직 늦지 않습니다!"

──아침 안개의 일부가 걷히고, 적군이 희미하게 보였다.

적의 좌익과 우익이 회색으로 물들어 있었다.

『회랑』이 이끄는 현 나라의 정예부대 『회창기』다.

유리의 말대로 중앙에는 군사가 보이진 않지만…… 어마어마한 전의가 아지랑이처럼 흔들리고 있었다. 틀림없이 복병을 숨겨뒀다.

실전 경험이 없고, 회전(會戰) 경험도 없는 장수가 이끄는 금군은 맞서지 못하리라.

백령도 애마『월영』을 몰아, 내 옆으로 이동했다.

"장백령도 동의합니다. 이것은 함정입니다. 저곳으로 뛰어들면, 이긴다 해도 돌이킬 수 없는 피해를 입습니다! 이 자리에 아버지가 있었다면 같은 판단을 했으리라 확신합니다!!"

용장이 눈을 감고, 말을 짜냈다.

"――태람은 진정 좋은 후계자들을 두었다. 조언에 감사하지. 그러나."

꽝음과 흙먼지, 충격이 흐르고, 커다랗게 파헤쳤다.

서 장군이 창을 잡아, 지면에 거침없이 휘두른 것이다.

거마도 주인의 결의에 호응하듯 앞 다리를 들었다.

직후―― 전장 전체에 금속음이 찢어져라 울리며 지배했다.

"이, 이 징 소리는……."

"칫!"

백령이 은발을 흐트러뜨리고, 나는 사태를 짐작하여 혀를 찼다.

――걷혀 가는 안개 속에서, 금군의 군기가 펄럭이며 전진을 시작했다.

양익의 아군에게 명령도 내리지 않고, 돌격했다고?!

서 장군이 거마를 몰았다.

"전에, 내 진을 찾아와준 젊은 군사 나리의 추측대로군. 아마도…… 침공 자체가 【백귀】의 커다란 『함정』이었다. 일국을 이용한."

긴 백발에 소녀 같은 용모. 검도 휘두르지 못하고, 말도 타지 못한다는 현 나라의 황제.

……그 가는 손아귀에, 처음부터 우리는 휘어 잡혀 있었다는 건가?

용장은 모든 주저를 떨쳐내고, 사자후.

"일이, 여기까지 이르러선 도리가 없다. 사력을 다하여, 적을 쳐부수는 길밖에 없으니!!!!!"

"그러나."

"……백령."

각오를 듣고서도, 의부님의 맹우를 막으려는 소녀를 말렸다.

장군의 눈동자가 발하고 있는 빛을 나는 알고 있다.

──죽음에 대한 각오.

준마를 모는 젊은 무장이 대찬 기운을 내뿜으며, 용장에게 검을 들었다.

"아버님! 다녀오겠습니다!!"

"……비응, 서씨 가문에 영예를 안겨라"

아군의 승리를 의심하지 않는 아들과, 이제부터 일어날 사태를 정확하게 이해하면서도, 『영예』라는 말을 하는 아버지. 가슴이 아프다.

비응이 갑옷을 두드리고, 함박웃음을 지었다.

"만사 맡겨 주십시오! 척영 공, 백령 공, 먼저 실례하겠습니다!!"

"비응!"

반사적으로 나는 청년을 불러 세웠다.

아무리 우수하다고 해도, 서비응은 첫 출진에 나선 지 얼마 안 됐다.

시선을 맞추고, 진지하게 충고했다.

"……조심해라. 놈들은 뭔가 꾸미고 있다."

"조언 감사합니다! 그럼, 난양에서!"

비응이 명랑하게 웃고, 자신이 이끄는 선봉으로 돌아갔다.

……『난양』에서, 라. 그렇게 되면 얼마나 좋을지.

커다란 등을 보인 채, 서 장군은 우리에게 명을 내렸다.

"장가군은 유격부대로 움직여주기 바란다. 서수봉의 이름으로, 모든 행동을 허가한다. 최악의 경우──우리들을 돌아보지 않고 전장을 이탈, 경양으로 후퇴하라."

전방에서는 만을 넘는 병사들의 함성. 말, 보병이 달리는 소리. 지면이 격렬하게 흔들렸다.

용장이 어깨 너머로 우리를 보았다.

"귀공들을 무사히 돌려보내지 않으면, 태람에게 면목이 없고, 우리 가문도 말대까지 수치가 된다. ……괴로운 전쟁이 되겠지만, 부디 살아다오."

창을 하늘 높이 들고, 서수봉이 모든 것을 떨쳐내듯 외치며, 달려나갔다.

"가자, 내 강한 병사들아! 늦지 말고── 평소처럼 달려오라!!!"

『오오오오오오오오오오오오오오오오!!!!!!!!!!!!!!!!!!』

남군 병사들도 대환호에 응답하며, 용장 뒤를 따라갔다.

우두커니 서 있는 나에게 백령이 조용히 물었다.

"어떻게, 할까요?"

"빤하잖아?"

금군의 대열이 난양을 향해 맹렬하게 전진했다.

전공을 독점할 셈이겠지만…… 나는 어쩐지 견딜 수 없게 되어, 거창하게 오른손을 흔들었다.

"평소처럼 마음대로 할 거야! 서수봉과 우상호는【영】에 절대적으로 필요한 사람들이다. 의부님이 혼자 모든 것을 짊어지게 만들 수는 없잖아?"

"분명히 그렇습니다만……."

백령은 납득을 하면서도, 우려의 표정을 지우지 못했다.

장수의 그릇을 가진 우리 공주님도, 스산함을 느끼고 있는 거군.

"척영! 백령!"

돌아보자, 금발이 흐트러진 유리를 선두로 전기를 이끌고 정파가 말을 몰아 달려왔다.

군사가 된 선낭은 흥분한 기색으로, 망원경을 쥔 오른손을 위아래로 흔들었다.

"알았어! 알아냈어!!"

"진정해, 유리."

"심호흡을 해주세요."

눈앞에 바짝 다가온 소녀는 숨을 정돈하고, 표정을 찡그렸다.

"그 나무! 몇 그루인가 말라 죽어 있었어. 나중에 심어서 뿌리를 내리지 못한 거야! 가까이에 바위를 묻은 흔적도 보였어!!"

"무슨 뜻―― 설마."

하늘을 가르는 무수한 소리가 귀를 때렸다. 몇 개월 전, 경양에서도 들은…… 이건.

직후―― 옅어진 안개를 꿰뚫고, 수백의 돌덩이가 금군의 대열에 쏟아졌다.

격렬하게 초원이 명동하고, 병사와 말, 흙이 공중에 드높이 피어오르는 게 한순간 보였다.

『윽?!!!!』

우리가 동요하는 가운데, 모래 먼지가 전장 전체를 휘감았다.

비명과 고통의 외침. 노호에 도움을 청하는 울음소리가 연쇄되었다.

손을 들어 필사적으로 시야를 확보하고 있던 백령이 떨리는 목소리를 흘렸다.

"투석기의 착탄 지점을 측정하는데 수목을 이용해서……? 게, 게다가, 이 돌의 수는…….."

"뻔하지. 각 도시에서 접수한 것을 총동원한 거야. 관측용으로 수목을 이용할 줄은 몰랐지만."

──『전력의 전환과 집중』.

적 군사는 어지간히도, 영풍을 존경하는 모양이다.

하다못해, 안개가 없었다면 사전에 감지할 수 있었을 텐데……
운도 따르지 않는군.

강한 바람 탓에 흙먼지가 걷히고, 시야가 조금씩 회복되었다.

"맞은 것은 금군뿐인가?"

"그래. 실전 부족을 완전히 간파하고 있었구나. 숫자의 우위
도──."

유리가 오른손을 들어 똑바로 난양 방향을 가리켰다.

"지금부터 무너진다."

안개와 흙먼지 속에서, 금속의 둔중한 빛을 뿜으면서 장창과
대형 방패를 가진 중장보병의 대군이 모습을 드러냈다.

그 수는, 눈어림으로도 10만 이상!

내 눈은 펄럭이는 군기에 그려진 문자를 확실히 포착했다.

──【서동】.

전부, 유리가 간파한 그대로다!

이를 갈고 있는데, 적 기병도 돌격을 시작했다.

혼란의 소용돌이 속에 있지만, 아직 전의를 잃지 않은 양익에
늑대처럼 달려든다.

파란 모자를 고쳐 쓰고, 우리 군사가 가혹한 운명을 권고했다.

"놈들을 지휘하고 있는 적 군사의 최종 목적은…… 양익의 서

가군과 우가군의 섬멸이야. 양군은 정예병이지만, 중앙의 금군이 무너지면 사기를 유지할 수 없어. 쉽사리 포위될 거야."

"그렇겠지."

두 장군이 아무리 사자와도 같은 무위를 보인다 해도…… 포위되어 버리면, 끝장이다.

그렇지만 우리 병력은 고작해야 천여 기. 전국을 바꿀 수 없다.

……어떡하면, 어떡하면 좋지?

"유리 씨, 정파."

고뇌하는 나에 비해, 백령은 의젓한 표정으로 두 사람의 이름을 불렀다.

그 자리에 있는 모두의 시선이 집중됐다.

"부대의 절반을 맡깁니다. 후퇴로를 확보하세요! 우리는 나중에 반드시 합류합니다."

"알겠사옵니다!"

"알았어."

청년 무장과 군사는 항변하지 않고, 곧장 움직이기 시작했다. 시간을 낭비할 수 없다.

──몇 번이든 말해주지. 우리 공주님은 장수의 그릇을 가졌다.

나는 이런 전장인데도 만족감을 느끼면서, 애마를 몰아 금발 소녀에게 다가갔다.

"유리, 부탁이 있다."

"……뭔데?"

나는 귓가에『전쟁 다음』에 대해, 짤막하게 설명했다.

전쟁에서 가장 희생이 나오는 것은 언제인가?

그 후 거리를 벌리고 고개를 숙였다.

"미안하지만 부탁한다. 너라면 전쟁의『기운』을 읽을 수 있을 거야."

"윽! 알았어!"

유리와 정파 일행이 우리 곁에서 멀어지고──.

"척영! 백령! 기다릴 거야!"

마지막으로 외치면서, 시야 밖으로 사라졌다. 나는 활의 현을 확인하고, 한쪽 눈을 감았다.

"뭐, 군사 나리의 첫 출진으로는 나쁘지 않은 전장이군."

"멋 부리지 마세요. ⋯⋯무슨 이야기를 했는지도, 얼른 자백하세요."

"아, 나중에, 나중에 말할게."

게슴츠레한 눈으로 요구하는 은발 소녀를 달래고, 나는【흑성】을 뽑았다.

남은 병사들을 둘러보았다.

"모두 들어라! 우리는 지금부터 사지로 가서── 아군 장병을 지원한다!"

『예에!!!!!』

이어서【백성】을 뽑은 백령이 명했다.

"헛된 죽음은 용납하지 않아요. 살아서, 경양에 돌아갑니다!"

『백령 님 말씀을 따르겠습니다!』

병사들이 일제히 각자의 무기를 들고 대열을 짰다.

……나 때보다 꽤 순종적이지 않아?

이미 돌덩이의 발사가 끝나고, 금군의 깃발이 차례차례 쓰러져, 양익에서는 초원을 피로 물들이는 사투가 펼쳐지고 있었다. 죽음의 기운이 넘실거리는 전장을 바라보며, 백령은 못을 박았다.

"당신도 거든요? 죽는 것은 나 다음에…… 아니, 절대로 죽지 마세요."

간단히 간파하는군.

다만, 파란 두 눈에는 강한 불안과 두려움. ……난처한 아가씨다.

살며시 다가가 중얼거렸다.

"괜찮아. 나는 안 죽고, 너도 안 죽어. 그렇지?"

"당연, 하죠."

서로 웃고서 천검을 교차시키고, 말에게 지시를 내린다.

"간다, 백령!"

"네, 척영!"

*

활을 당기고, 막아서는 무수한 적병에게 차례차례 화살을 쏘면서, 혈로를 뚫었다.

구엔이나 일부 『적창기』가 장비하고 있던 금속 갑옷으로 전환은 아직 다 못한 모양이군.

돌격을 시작한 뒤로 몇 명을 쓰러뜨렸는지 헤아리지도 않았지만…… 빈 전통을 버리고, 필사적으로 따라 달리는 소년병의 이름을 외쳤다.

"공연(空燕), 다음!"

"이게 마지막입니다!!"

다음 전통을 받는 사이에, 나란히 달리는 백령이 활을 쏘고 적 기병을 꿰뚫어 낙마시켰다.

"춘연(春燕)."

"네!"

소년과 대단히 닮은 얼굴의 소녀 병사가 곧장 전통을 건넸다.

나는 후방을 보면서, 정파를 비롯한 장가군의 면면에게 명했다.

"다들, 전방의 언덕으로! 늦지 마라!!"

『예!』

경양에서 선발된 준마들은, 혼돈과 혼란이 지배하고 있는 죽음의 전장에서도 동요하지 않고 낮은 언덕을 단숨에 달려 올라갔다.

발길을 멈추고, 곧장 전황을 확인하고, 표정을 찌푸렸다.

중앙의 금군은 복수에 불타는 서동군에게 유린당하여 뿔뿔이 흩어졌다.

군의 형태를 유지하지 못하고, 헤아릴 수 없는 시체가 초원에 피의 바다를 만들고 있었다.

자신만만했던 황북작도 살아있지 않으리라.

"설마, 금군이 이토록 맥없이 패주하다니……."

백령이 나지막히 전율을 흘리고, 활을 움켜쥐었다.

아무리 어리석은 자라도, 총지휘관이 전장에 없는 시점에서 이 전쟁은…….

양익의 서가군과 우가군은 분전하고 있지만, 전면의 『회창기』뿐 아니라, 측면 및 후방에 서동군이 돌아가고 있었다.

아무리 영 나라의 손꼽히는 용장, 맹장이 이끌고 있어도 패배는 시간문제이리라.

그전까지 서 장군과 합류할 수 있을지.

"각자, 화살을 재분배하라. 끝나는 즉시—— 서가군을 포위해 가고 있는 적의 일각을 칩니다. 말의 한계가 가까운 자는 이 틈에 후퇴하세요. 허위 보고는 엄격하게 금지합니다."

내 염려를 제쳐두고 백령이 적절한 명을 내렸다.

입술이 풀어진다. 과연 내 여동생!

"……야."

"그래."

"척영 님…… 우, 웃었어?"

"도련님이니까. 경양에서도 그랬어."

병사들이 오해한 모양인데. 섭섭하군. 백령이 수통을 내밀었다.

"이상한 표정 짓지 말아요. 다들 보고 있어요. 그리고, 제가 누나입니다!"

"마, 마음을 읽지 마?!"

수통을 받아 한 모금 마시고 던져서 건넸다. 그걸 받은 백령도 물을 마시고——.

"척영, 왼쪽!"

"그래!"

주의 환기와 동시에, 나는 언덕을 달려 올라오려는 지저분한 붉은 갑옷과 투구를 입은 적 창기병에게 화살을 쏟아부었다. 그 수는 약 수십 기.

『적창기』의 잔당?! 수를 봐서는 척후로군.

지금까지 싸운 상대라면 화살 한 대로 한 기를 전투 불능에 빠뜨릴 수 있었는데, 역시 『적랑』이 이끌던 현 나라 최정예 부대. 능숙하게 말을 다루어 산개하더니, 방패를 들고서 돌진해온다.

……이놈들, 사병(死兵)이다. 이미 죽은 구엔의 원수인 나와 백령을 무슨 일이 있어도 칠 셈이군.

저렇게 된 병사는 화살만으로는 막을 수 없어.

무엇보다, 여기서 소모해 버리면 서 장군과 비응의 구원도 못하게 된다.

"백령! 지원 부탁한다!!"

"척영!"

나는 강궁과 전통을 공연에게 떠넘기고, 백령이 말리는 것도 듣지 않고 애마를 몰아 달렸다.

점점 선두의 적 기병이 다가온다.

"죽어라──."

찌르고 들어오는 날카로운 창을 피하고, 스치면서 가차 없이 베어냈다.

풀썩. 사람이 땅에 쓰러지는 소리가 귀에 닿기도 전에, 뽑아 든 【흑성】을 손에 들고 다음 소부대를 향해 돌격.

얼굴이 결연하면서도 한 걸음도 물러서지 않고 『적창기』 다섯

기가 돌진해왔지만——.

『?!!!!』

"미안하다. 나는 아직 못 죽어."

창을, 검을, 투구를, 가죽 갑옷을, 방패를 가차 없이 양단! 말 머리를 돌리고, 외쳤다.

"백령!!!!!"

"일제히 쏴라!"

순식간에 아군을 잃고—— 언덕을 달려 올라갈 것인지, 단기인 나를 노릴 것인지 망설이느라 발을 멈춰 버린『적창기』에게 화살의 비가 쏟아져 내렸다.

경양의 후퇴전마저도 살아남은 역전의 적 기병들이 손쓸 도리 없이 화살에 맞았다.

탈출에 성공한 극히 일부의 등을 바라보면서 나는【흑성】을 휘둘러 피를 떨쳐냈다.

……놈들, 명백하게 우리를 찾고 있었어.

백령이 부대와 함께 언덕을 내려가는 가운데, 술렁거림과 비명과 함께 흉보가 날아왔다.

『적장, 우상호——『회랑』세우르 바토가 토벌했노라!!!!!』

곧장【현】군기의 기세가 늘어나고,【서】의 군기에서 전의가 사라져가는 걸 알 수 있었다.

좌익이 무너졌나!

"척영!"

"……서두르자. 서 장군이랑 합류한다."

옆으로 다가온 소녀에게 고하고, 나는 애마에 신호를 보냈다.

부탁한다! 늦지 마라!

현 나라의 기병이나 남군 후방을 공격하는 서동군을 해치우면서, 패주하고 있는 아군 병사에게 「서 장군과 비응은 어디 있나!」라고 노호를 지르며, 격전장을 하염없이 돌진하기를 잠시── 갑자기, 백령이 오른손에 든【백성】으로 전방을 가리켰다.

"저기입니다!"

적 기병 다수가 열 겹 스무 겹으로 아군을 포위하고 있었다.

너덜너덜하지만, 한층 커다란 군기를 보니…… 서가군의 본영!

주위에는 부대 하나를 이끄는 비응이 포위를 깨려고 필사적으로 창을 휘두르며 분전하고 있었다.

천을 넘는 병사들도 누구 한 명 도망치려 하지 않는다. ……어째서일까?

생각할 틈도 없이, 우리를 발견한 적군 일부가 포위를 벗어나 요격 태세를 보였다.

모두, 회색 군장으로 통일되어 있다──『회창기』!

"거기서 비켜라!!!!! 목숨을 낭비하지 마라!!!!!"

호통을 쳤지만 한 치의 망설임도 없이 돌진해온다. 사기가 왕성하군.

나는 이를 악물었다. ……비응과 합류하면 이탈하는 건 불가능하지 않지만.

서로 기병이기에, 주저할 틈도 주지 않고 적군과 격돌.

"방해된다!!!!!"

검이 칠흑으로 번득일 때마다, 초원에 새로운 피를 공급한다.

"척영, 오른쪽에 새로운 적입니다!"

내 옆에 딱 붙어서 적 기병의 허벅지를 베어 낙마시킨 백령이 주의를 환기했다.

아군의 고전을 보고서, 피로 갑옷을 물들인 수백의 적이 대열의 방향을 바꾸고 있었다.

──이대로는, 위험하다.

긴 자루 도끼와 함께 오른쪽 적 기병을 베어내고, 땅바닥에 박혀 있던 창을 적장으로 보이는 남자에게 던졌다.

『?!』

창은 빗나가지 않고 적장의 가슴에 박혀, 낙마── 포위에 미약한 틈이 생겼다.

악전고투를 하고 있던 비응도 나를 발견했다.

"척영 공!!!!! 아버님이! 아버님이, 저를 감싸고…….."

"비응! 병사를 이끌고, 후퇴해라!!!!!"

그러나, 청년을 검을 휘두르면서 울 것 같은 표정을 지은 채 필사적으로 고개를 저었다.

나는 백령을 노린 화살을 요격하고, 멀어지는 소년에게 호통을 쳤다.

"바보 자식아!!!!! 아군을 모두 죽일 셈──."

포위하는 적 기병 틈에서 한순간 본영이 보인 순간, 나는 즉시 이해했다.

서수봉과 우리를 공격한 검은 복장의 적장 기센이 단기 대결을 하고 있다!

"제법이군! 이름을 들어보지!"

자신과 적의 피로 갑옷을 새빨갛게 물들이면서도 서 장군이 창을 돌리고, 사납게 웃었다.

이어서, 칼날 끝을 잃은 검은 대검을 든 적장의 목소리가 귀에 닿았다.

"……【흑인】기센."

백령이 아군의 돌격 준비를 시작하는 가운데, 포위 안에서 서 장군이 창을 기센에게 겨누었다.

"네가 현 나라 최강의 용사인가! 내 생애 마지막 승부의 상대로 부족함이 없구나!!"

이것이, 【봉익】! 경탄해 마땅한 담력이다.

전의를 끓어 올리는 용장의 눈이 아주 살짝 움직여—— 나와 시선이 교차했다.

『미안하다. ……아들놈을 부탁하지.』

"큭! 서 장군!!!!!"

틈이 닫히고, 소란스러운 연속되는 금속음이 반향됐다.

【호국】장태람,【호아】우상호의 맹우이며,【영】을 대들보로서 지탱해온 서수봉이, 기센의 발을 묶고자, 마지막 힘을 짜내 싸우고 있는 것이다.

나는 격전을 헤쳐 나오고서도 이 하나 안 빠진【흑성】을 움켜쥐고, 말을 짜냈다.

"……백령…… 너는 비응과 합류해서, 모두와 함께 후퇴해줘. 나는."

"안돼요!"

아군 기병이 우리를 둘러싸고 몇 안 남은 화살을 연사하는 가운데, 품에서 꺼낸 천을 내 볼에 대고 피를 닦아낸 소녀가 창안에 어마어마한 의지를 드러냈다.

"절대로, 절대로, 용서 안 해요! 그래도 가겠다면 나도 같이 가겠어요! 당신만 책임을 질 수는 없어요!!"

피가 스며 나올 만큼, 주먹을 움켜쥐었다.

……지금의 나는 서수봉과 서비응, 두 사람을 구할 수 없다. 품에서 천을 꺼내, 나는 소녀의 볼에 튄 피를 닦았다. 그리고 어깨 너머로 우리의 명령을 기다리는 아군에게 명령했다.

"서비응을 구원하여── 후퇴한다! 잘 들어라, 절대 죽지 마라? 너희들이 죽을 장소는 이런 바보 같은 전장이 아냐."

『예! 장척영 님!!』

비응이 지휘하고 있는 부대는 적군에 밀려서 이쪽으로 다가오고 있었다. 합류는 어렵지 않을 거야. 문제는── 아무것도 아니란 것처럼 백령에게 말했다.

"이봐."

"안돼요."

즉시 거절. 나는 표정을 찌푸리고, 은발 소녀를 탓했다.

"아직, 아무 말도 안 했잖아?"

"듣지 않아도 알아요.『최후미는 내가 맡는다. 너는 먼저 탈출해라』잖아요?"

아직도 격렬한 금속음이 멈추지 않는다.

"하아…… 우리 아가씨는 이렇다니까!"

"10년 전부터 함께 있는 사람의 나쁜 영향을 받아서요. 불치라고 생각합니다."

귀엽지 않아. 이럴 때 장백령은 정말로 귀엽지 않아!

기어이 비응의 부대가 무너지기 시작했다.

우리는【흑성】과【백성】을 드높이 들고, 짧게 명령.

"**"앞으로!"**"

『오오오오오오오오오오오오오오오오!!!!!』

함성을 지르고, 아군은 비응 부대를 공격하는 적군 측면에 돌격을 개시했다.

우리도【천검】을 고쳐 쥐었다.

"백령."

"……이번엔 뭔가요!"

다시 이름을 부르자, 소녀는 노여움을 섞어 노려보았다.

【흑성】을 어깨에 올리고, 진심을 전했다.

"이 자리에―― 내 옆에 있어 줘서 감사한다. 고마워."

"윽! 그런 건·········· 그런 건, 전부, 전부 내가 할 말이에요.
··········바보."

창안에 눈물을 글썽거리며 표정을 확 찌푸렸다.

소매로 쓱쓱 눈을 닦기를 기다리고, 우리가 서로 고개를 끄덕
였다.

"좋아, 간다!"

"네!"

그다음── 우리가 간발의 차이로 비응을 구해내고, 유리의『기
운』을 읽은 지원으로 전장을 이탈할 때까지 금속음이 계속 울리고
있었다.

【봉익】서수봉은, 생애 마지막 싸움에서도 빛나는『승리』를 거
둔 것이다.

✳

"적군 후방 본진은 야영지를 포기. 현재, 서동군이 추격 중! 가
겠습니다!!"

전령병이 최신 전황을 알리고, 발 빠르게 천막에서 나갔다.

나── 세우르 바토는 탁상에 펼친 지도 위에 말을 두고, 생각
에 잠겼다.

대회전을 치른 지도 이미 사흘. 각지에서 전달되는 소식은 승

전뿐이다.

수도에 머물며 전후 처리를 하고 있는 군사 나리에게,

『세우르 공은 지휘에 전념해 주십시오. 전선에는 나서지 마세요.』

──라는 명을 받았다만…… 솔직히 지루하기 짝이 없다.

수많은 장수를 치고, 군도 대파한 이상, 추격전도 지루한 것이 되겠지만…… 전장에서 마주해 무기를 섞은, 상처를 입은 적 맹장이 이미 그립다.

앞으로 그만한 웅적을 상대할 기회를 얻을 수 있을 것인가?

『적의 총지휘관과 금군, 다른 군 사이에는 불화가 있는 모양입니다. 그것을 찌릅니다. 『회창기』는, 금군의 병참 부대를 치십시오. 반대로 다른 군에게는 손속을 두십시오. 그리하면, 전장을 제대로 모르는 적장이니. 약탈을 하고자 할 것입니다. 그리되면── 이긴 것과 마찬가지입니다.』

──모든 것은 군사 나리의 노림수대로 흘러갔다.

서수봉, 우상호. 다음 해 이후 결행되는 대침공 때, 우리 군을 가로막을 양장들은 적이지만 감탄해 마땅한 분전을 하고서── 난양의 초원에 쓰러졌다.

특히 서수봉은, 기센을 상대로 거의 호각의 사투를 펼쳐, 후퇴할 시간을 벌어냈다.

……참으로, 아까운 장수였다.

남은 것은 【장불패】. 그러나 아무리 그자가 명장이라 해도, 혼자서는 전군에 저항할 수 없을 것이야.

난양의 회전에서, 천하통일은 실질적으로 이루었다 할 수 있으리라.

마음에 안 드는 것은, 한 번도 아니고 두 번이나 【그분】이라는 자의 힘을 빌려, 우리가 우위에 서는 기상을 불러들인 것이다. 설마 안개가 나오는 날까지 맞힐 줄이야──.

"저, 전령!"

갑자기, 거품을 문 기색으로 새로운 병사가 천막 안에 달려 들어왔다.

탓하려는 부하를 손으로 막고, 직접 물었다.

"무슨 일이냐? 차분하게 보고하라!"

"예, 예⋯⋯."

한쪽 무릎을 짚고, 숨을 정돈한 전령이 고개를 숙였다.

"동부 방면에 파견한 부대 하나가 적군의 역습을 받아, 패주한 모양입니다. 손해는 약 천!"

"⋯⋯뭐라고?"

모두 술렁거렸다. 그만한 대패를 한 상황에서 전의를 유지하는 적군이 존재하다니.

"적장은 누구냐!"

"거기까지는⋯⋯. 그러나 【서】와 【장】의 군기였다, 합니다."

더욱이 술렁거림이 커졌다. 내 후방에 대기하고 있던 기센의 눈썹이, 움찔 움직였다.

지도를 들여다보고, 나는 독백했다.

"서수봉의 혈족. 아니면 잔당인가? 그리고, 구엔의 원수인 장가군⋯⋯."

성가시군. 특히 후자는 소수의 병사지만, 지난번 회전에서 우리 군에게 무시할 수 없는 손해를 주고, 후퇴까지 해냈다. 전령에게 정보를 확인했다.

"적군의 움직임은 파악했는가?"

"……예. 우군을 친 다음, 군을 남방과 동방으로 나누어 후퇴를 시작했습니다. 병사의 수는 남방이 상당히 큽니다."

패잔의 서가군은 그렇다 치고, 장가군을 놓칠 수는 없겠지.

평범하게 생각하면 동방의 부대지만, 너무나 노골적이다. ……다시 말해서.

세워둔 창을 손에 집고, 나는 누구보다도 신뢰하는 부장에게 외쳤다.

"기센! 나선다!!"

"……세우르 님, 기다리십시오."

"뭐지?"

빤히 바라보자, 그곳에 강한 경계. 우리 군 최강의 용사가 고개를 저었다.

"우리들은 지난번 전투에서 적의 용장, 맹장을 쳤습니다. 적군 또한 대부분 국경까지 돌아가지 못할 것입니다. 그렇지만…… 말도 병사도 피폐해졌습니다. 지금부터 무리하게 추격을 한다면."

"실수를 하게 될 가능성이 있다, 이 말인가?"

"……예."

대승을 했다지만 적군의 저항이 격렬하여, 우리 군도 상당한 손해를 입었다.

그렇기에, 추격의 주력은 소모되어도 상관없는 서동군에게 맡겼다.

잠시 생각한 뒤,

"——알았다."

나는 결단했다.

서가군도 장가군도 쳐둬야 한다. 놈들은 죽음의 전장을 살아남은 강자들이니.

"기센, 너는 2만을 이끌고 남방의 부대를 추적하라. 나는 5천을 이끌고 동방의 적을 친다!"

전의는 남아 있다. 그렇다 해도, 병사의 수는 결국 한계가 있다. 『회창기』 절반을 움직이면 압도할 수 있다.

그래도 내 스승은 미간을 찌푸렸다.

"……하다못해, 군사 나리에게 지시를."

"시기를 놓친다! 『추격은 서동군을 주력으로 하지만, 급한 경우 각개의 판단으로 적군을 가능한 칠 것』이라는 명을 받았다!"

나는 10년 가까이 함께 지낸 남자와 눈을 마주치고, 애원했다.

"서가군 잔존 부대와 성가신 장가군을 쳐두면, 다음 봄 이후로 시행될 대침공에서, 장병의 부담이 줄어들며, 황제 폐하의 마음도 평안해 지실 것이야. ……기센, 부탁한다! 가게 해다오! 무리는 않는다."

거짓말은 하지 않았다. 본심이다.

동시에—— 맹우 『적랑』의 원수를 내 손으로 칠 기회, 놓칠 수 없다.

장수들이 마른침을 삼키는 가운데, 드디어 기센이 꺾여주었다.

"……알겠사옵니다."

"감사하지. ……내가 추적한 적군이 장가군이라 해도, 원망은 하지 말거라?"

씨익 웃자, 드디어 약간 표정을 풀어주었다.

어깨를 두드리고, 전우와 약조했다.

"이 전쟁이 정리되면, 『연경』에서 술을 사게 해다오. 『노도』에서 만들어진 맛있는 술을 구했다."

＊

"척영 님, 백령 님. 모든 준비가 끝났습니다! 왕명령 공이 보내 주신 『그 물건』도, 군사 나리가 선발한 담력 있는 자들에게 들려 주었습니다."

"알았다. 영차."

"고마워요. 부탁합니다."

베인 상처가 남은 갑옷과 투구 차림의 정파에게 보고를 듣고, 나와 백령은 애마에서 내려 병사들에게 고삐를 맡겼다.

밤은 가깝지만 화톳불을 가능한 많이 피웠기 때문에 시야는 나쁘지 않다.

──여기는 서동의 동단.

황 제국의 【쌍영】이 이민족의 맹장 【아랑】을 소수의 병사로 친 고사에 따라, 『망랑협(亡狼峽)』이라고 불리는 간도다.

좌우의 벼랑 위를 보자, 후퇴전에서 살아남은 병사들이 몸을 숨기고 있었다.

패잔병들을 흡수한 결과, 침공 때보다도 수 자체는 늘어났다. 요전에 적의 척후 부대를 서비응이 이끄는 남군 생존자들과 함께 요격했다. 그것을 괴멸시켜서 사기도 어느 정도는 회복했다.

의부님의 명성이 먼 나라에도 닿은 것과 후퇴전을 하면서도 절대 약탈을 용납하지 않은 것이 좋았던 것이리라. 【장】의 군기를 든 우리들에게, 주민의 습격은 한 번도 없었고, 피로도 최소한이었다.

벼랑 위에 있던 소년병 공연이 나와 백령에게 작은 거울을 반사해 신호를 보냈다.

나는 정파를 돌아보았다.

"오는 모양이군. 지명 그대로 『늑대』가 나오지야 않겠지만……."

우리가 『미끼』를 맡는 것에 불만을 품은 말 위의 소녀 군사에게 한쪽 눈을 감고,

"정파. 이제부턴 우리 군사 나리의 지시에 따라줘. 책략이 깨졌을 경우 나는 상관 말고."

"『우리』는 상관 말고 후퇴하세요. 구원은 필요 없습니다."

백령이 말을 가로막았다.

"……야."

"책략은 깨지지 않아요. 나는 유리 씨를 믿습니다."

소녀 군사가 입술을 깨물고, 파란 모자를 깊숙하게 고쳐 썼다. 손에는 녹색 두루마리.

몇 번인가 심호흡을 반복하더니── 눈동자가 깊은 지성의 빛을 뿜었다.

"난양의 회전에서 놈들은 대승을 얻었어."

금군, 서군은 괴멸했고, 남군도 반파. 주요 장수도 난양에서 죽거나, 후퇴전에서 죽었다.

참진하지 않은 임충도도 무사하진 못할 것이다.

──그런 가운데, 우리들만 적군에게 타격을 주면서 후퇴에 성공했다.

유리가 입술 끄트머리를 끌어올린다. 눈가에는 투지.

"그렇지만, 철저한 추격 속에서, 갑자기 한 번의 패배로 흙탕물이 튀었어. 게다가, 그건 장가군과 서가군의 잔당. 『승리한 전쟁에 하자를 더한 괘씸한 놈들을 놓치지 않는다』…… 지극히, 읽기 쉬워."

이 소녀는, 조금이지만 영풍을 닮았다.

그 녀석도 마치 새의 눈을 가진 것처럼 전장을, 그리고 전국마저도 꿰뚫어 보고 있었다.

물론 아직 멀었지만, 나는 일부러 가볍게 말했다.

"오~ 무셔라~. 하지만, 아무리 그 녀석 자신이 강하게 바랐다지만…… 비응을 보내도 괜찮았을까?"

적의 부대 하나를 친 다음, 유리는 우군을 둘로 나누었다.

우리는 장가군과 동행을 부탁한 병사, 아울러서 약 2천을 이끌고 경양을 향해 동방으로.

비응은 나머지 5천과 함께 남방으로 후퇴했다.

압도적 열세 가운데, 병사를 나누는 것은 위험한 선택이긴 하다.

유리는 자신의 수통을 백령에게 넘기면서 대답했다.

"방심하고 있던 척후 부대는 이미 쳤어. 하지만── 결국 집결해도 병사의 수는 열세야. 그렇다면 서로를 『미끼』로 삼아서, 적 추격부대를 분산시키는 게 좋아. 과거 이 땅에서 이민족의 대군을 격파한 【쌍영】의 고사를 본받자."

나는 천천히 손가락을 검의 손잡이에 미끄러뜨렸다.

분명히 그때── 영풍은 군을 둘로 나누었다.

소수 부대 지휘를 나에게 맡기고, 당시에는 이름조차 없던 이 협곡에서 【아랑】을 기다려, 치도록 지시했다.

"알았어. 알았습니다. 만사 맡길게. 기왕이면 화려하게 해봐!"

"맡겨둬."

"무운을 빕니다!"

유리와 정파가 말을 몰아서 자기 자리로 이동했다.

남은 것은──.

"백령."

"척영."

서로의 이름을 동시에 불렀다. 어색하군.

"……뭔데?"

"뭔가요……."

""………….""

서로 말을 잃고 입을 다물었다.

나는 주저하고, 손으로 막았다.

"아아, 아니── 관두자. 나한테 안 어울리니까."

"그런가요. 그러면, 나는 말해둘게요."

백령이 나에게 다가왔다.

손을 뻗어, 가는 손가락으로 지저분해진 볼을 만지고, 아름답게 웃었다.

"당신은 제가 지킵니다. 등을 지켜주세요?"

……말해버렸군.

나는 소녀의 등에 손을 돌리고, 아주 가볍게 끌어안았다.

가녀린 몸이 떨리는 걸 느끼면서, 빨개진 귓가에 결의를 고했다.

"…………맡겨둬. 너는 내가 지킨다."

몸을 떼고, 【흑성】을 뽑아, 간도 중앙에 섰다.

백령 또한 【백성】을 뽑아, 내 왼쪽 옆으로 나아갔다.

──바람이 짐승의 냄새를 날라온다. 다수의 말이 달리는 소리.

다가오고 있는 어둠을 날려버리고, 돌진해온 기병의 무리에 포효했다.

"거기 섯거라! 멈춰라, 『늑대』놈들!!!!!!!!!!!!!!!!"

『큭?!!!』

회색 기병의 무리가 급정지하고, 명백하게 동요를 보였다.

나와 백령은 딱 맞는 호흡으로 사납게 미소를 짓고, 검을 겨누며 이름을 밝혔다.

"내 이름은 장척영! 장태람의 아들이다!!!!"
"마찬가지, 장백령! 장태람의 장자입니다!!!!"

동요가 더욱 퍼졌다. 설마, 고작 둘이서 막아설 줄은 상상도 못했나.

수백의 적 기병을 야유했다.

"어허 이봐? 이렇게 장씨 가문의 두 사람이 일부러 나서지 않았나? 너희들의 장수는 그에 대해 이름도 밝히지 않는 야만인인가? 아니면── 설마 고작 두 사람밖에 없는 우리가 무서운가??"

『~~~큭?!』

적병의 얼굴에 분노가 떠올랐다. 검과 창의 자루가 삐걱대고, 말들도 앞다리로 땅을 파헤쳤다.

대장격으로 보이는 장년의 기수가 왼손을 들어──.

"기다려라!"

선두로 말을 몰아온, 미형의 무장이 짧게 명했다.

손에 든 것은 기센의 것과 비슷한 대검. 몸에 입은 것은 회색으로 물든 갑옷과 투구다.

……이 녀석, 설마?

적장은 눈을 가늘게 뜨고, 말 위에서 우리들을 내려다보았다.

"장씨 가문의 애송이는 말버릇이 안 좋구나. 덧붙여, 은발창안의 소녀. 분명히 장태람의 혈육인 모양이다. ······다시 말해서."

피부가 오싹하며 떨렸다. 대검을 우리들에게 겨누고, 젊은 적장이 적개심을 드러냈다.

"너희들이 바로, 맹우『적랑』의 원수란 것이다! 내 이름은 세우르 바토! 위대하신 아다이 황제 폐하께『회랑』의 칭호를 받은 자!! 잠깐이나마, 알아두거라!"

"······큭."

옆에 선 백령이 숨을 삼켰다. 무리도 아니다.

『사랑』중 하나가 추격부대를 이끌고, 소부대인 우리를 추적해 오다니.

거마의 울음소리가 주변 일대에 울려 퍼지고, 세우르가 외치면서 우리들에게 돌진했다.

"나를 기다리고 있었다니 기특하구나! 답례다! 둘이 나란히 죽여주마!!!!!"

"누가!"

"거절합니다!"

열풍을 동반하고 뿜어낸 대검의 참격과, 우리가 휘두르는【흑성】과【백성】이 부딪혔다.

단시간에 무수히 격렬한 불똥이 흩어지고── 세우르가 후방으로 달려 지나갔다. 백령의 볼에 땀이 흐른다. 말머리를 돌린 적장이 표정에 놀라움을 드러냈다.

"허어······ 지금 그것으로 죽지 않다니! 둘이 동시라면 우상호에게도 뒤처지지 않을 것이야. 과연, 칭찬해 주마!"

자루를 움켜쥐면서 저릿함을 떨쳐내고, 일부러 도발했다.

"칭찬해 주는 건 고맙지만……."

"당신의 무용, 우리와 교전한 흑발의 적장보다는 떨어지는군요."

내 의도를 금방 짐작하고, 백령도 말을 이었다.

세우르의 눈썹이 움직였다.

"……뭐라고?"

걸렸다! 대검을 내리 휘두르면서, 송곳니를 드러내며 노려보았다.

"분명히 내 부장 기센은 현 나라 제일의 용사! 그러나. 나 또한 뒤떨어질 이유는 없다!! 우롱하는 것은 그만──큭!"

『?!』

적 기병의 후방이 언덕에서 굴러 내려온 통나무로 차단되고──대굉음과 맹화가 어둠을 붉게 물들였다.

명령의 지휘로 운반되고, 유리의 지시로 장치된 화약통이 폭발한 것이다.

미경험의 소리와 냄새. 무엇보다 번지는 불꽃. 사람뿐 아니라 말도 혼란에 빠져 대열이 무너졌다. 세우르의 얼굴이 분노로 물들고, 나와 백령에게 매도를 쏟아냈다.

"이놈들!!!!!"

좌우의 벼랑 위에 화톳불이 켜지고, 너덜너덜하지만 아직 건재한 【장】의 군기가 펄럭였다.

멀리서도 확실하게 알 수 있는 긴 금발의 소녀가 망원경을 들고, 휘둘러 내렸다.

"지금이야! 쏴라!!!!!"

화살 비가 쏟아져 내리고, 적병이 아무 것도 못한 채 쓰러진다.

물론—— 시간이 지나면 돌파해버리겠지만, 적어도 적 부대를 둘로 나누는 것은 성공했다.

제1단계는 좋아!

벼랑 위의 아군과 혼란에서 재기한 적 기병이 격렬하게 부딪히는 것을 보고, 세우르가 조소.

"……흥. 기괴한 화계에는 다소 놀랐다만, 어차피 단순한 복병, 이 정도의 계략으로 우리를 막을 수 있다고 생각지 말라."

그리고 자신을 향해 쏟아지는 수십 대의 화살을 아무렇지도 않게 쳐내는 절기를 보이더니, 어마어마한 노호를 질렀다.

"잔재주로구나! 네놈들이 화살을 격하게 소모한 것…… 조사하지 않았다고 생각하느냐! 금방이라도 떨어지겠지? 【망랑】의 고사 따위 옛이야기에 지나지 않는다!! 포기하거라!!!!"

거마를 몰아 달려, 또다시 우리들에게 덤벼든다. 기세가 줄어든 화살로는 막을 수 없다.

"그건 어떨까?"

"우리들의 군사를 너무 무르게 봤어요."

——그러나, 우리는 일체 조바심이 없었다.

『패주한 영 나라 군은 화살이 부족하다.』

그 정보가 닿는 것도 우리는 추측하고 있었다!

함정이…… 닫힌다.

세우르가 대검을 머리 위로 들고,
"헛소리, 윽?!"
우레와도 같은 어마어마한 굉음이 협곡 전체에 울려 퍼지자, 경악으로 얼굴을 물들였다.
하늘에 뇌운은 없다.
"이, 이것은, 윽!"
거마가 생애 처음으로 들었을 소리에 놀라, 앞다리를 크게 들었다.
등에 탄 적장이 떨어졌지만, 구르면서 지면에 착지.
충격으로 투구가 날아갔지만, 한쪽 무릎을 짚어 자세를 바로잡고 나에게 증오의 시선을 보냈다.
후방에서는 적 기병의 절반 가까이가, 굉음과 쏘아져 나간 돌멩이의 직격을 맞아 낙마해 고통의 비명을 지르고 있었다. 벼랑 위의 유리가 군기를 양손에 들고 크게 휘둘렀다.
약해져야 할 화살이 격렬함을 되찾고, 고참 기병이 벼랑을 달려 내려온다.
우리는 단숨에 간격을 좁히고,
"너희들은 적이면서 무시무시하게 강하다, 『회랑』 나리!"
"우리를 따라오는 부대는 기병이라고 확신했습니다!"
"치잇!!!!!"
좌우에서 동시에 세우르에게 검을 휘둘렀다.

접근전에서는 불리해지는 대검을 교묘하게 움직이며 불꽃 속에서, 적장이 우리들의 공세를 버티고 막아냈다.

"아는 것처럼, 말은 본래 겁이 많은 생물이야. 전장의 북소리나, 징 소리에는 익숙해졌어도!"

"【서동】에서 몰래 개발되고 있던, 『화창』소리에는 견디지 못한 것 같네요!"

이것이 바로 유리의 『책략』.

후방에 불. 좌우에는 이중 복병—— 그리고, 전방에는 우리가 버티며 단독으로 고립된 적장을 노리는 사방포위.

『화약』과 『화창』이라는 천 년 전에는 없었던 물건을 더한 『낭살의 계』.

난양의 회전에는 늦었지만, 왕명령은 어떤 마술을 부렸는지 통을 구리제로 바꾼 개량형 『화창』을 경양에서 합계 100개 정도 보내주었다. 동시에 화살과 식량도 보급을 받았다.

그 녀석이야말로 진짜 『선낭』일지도 몰라!

때로는 동시에. 때로는 위치를 바꾸어서. 때로는 완급을 주면서.

나와 백령의 검무는, 조금씩—— 그러나 확실하게 적장을 몰아붙이며, 피를 흐르게 했다.

"이놈들! 이놈들, 이놈들, 이놈드ㅇㅇㅇ을!!!!!"

불꽃이 비추는 가운데 강렬한 가로 베기를 뿌리고, 우리를 억지로 후퇴시킨 세우르가 노호.

"질 수 없다! 절대로 질 수 없다!!!!! 기센을 넘어설 때까지는!

황제 폐하의 천하통일을 이 눈으로 보는 날까지!!!!! 나는 질 수 없는 것이다!!!!!"

지금 그 연속공격으로도 처치할 수 없다니.

혼란에 빠진 적 기병은 아군이 맹렬하게 치고 있지만…… 차단된 적병이 돌아서 오면 단숨에 궁지에 빠질 것이다. 개량형『화창』도 두 발째를 쏘려면 시간이 걸린다.

──승부에 나서는 수밖에 없군.

【백성】을 겨누고, 필사적으로 숨을 가다듬는 소꿉친구 소녀에게 눈짓.

동의를 확인하기 전에 세우르에게 단독으로 돌격하여, 전력으로 검을 휘둘렀다.

"이걸로!"

"얕보지 마라!"

칠흑의 검신과 금이 간 대검이 격돌!

모래 먼지와 불똥이 피어오르고──.

"백령!"

"하아아아아!!!!!"

은발을 나부끼며, 소녀는 한 치의 주저도 없이 검을 휘둘러 내렸다.

──순백의 검섬.

한계를 넘은 대검이 절반쯤에서 끊어지고, 하늘을 날았다.

"뭣이?! 강철의 칼날 자체를 베어내다니?!!!"

놀라움에, 세우르의 반응이 아주 약간 늦어졌다.

그래도 허리의 검을 뽑아 내 몸통을 베려다가,

"미안한데! 도박은── 우리들의 승리다!!!!!"

찰나의 순간에, 칠흑의 검신이 적장의 몸통을 가볍게 꿰뚫었다.

손에서 대검과 검이 떨어지고, 땅바닥에 박혔다.

세우르의 입술에서 선혈이 흐르고,

"쿨럭………… 구, 구엔…… 기센…………폐, 하, 죄송합니…….."

아쉬움의 말을 토해내며 무너졌다. ……종잇장 차이의 승부.

기량 차이는 없고 무기의 차이였다. 나는 깊게 숨을 들이쉬고,

"적장『회랑』! 장척영과 장백령이 물리쳤노라!!!!!!!!!!"

불꽃에 휩싸이고 있는 전장 전체에 승리의 함성을 울렸다.

『오오오오오오오오오오오오오오오오오오오오오!!!!!!!!!!!!!!!!』

곧장 아군도 호응하자, 적 기병에게서 전의가 급속하게 빠져나

간다.

나와 백령은 그 광경을 보고──.

""………….""

말없이 서로의 주먹을 마주쳤다. 그것만으로── 마음이 통한다.

계곡 위에서 유리가 외쳤다.

"두 사람 서둘러! 곧장 후퇴야!!"

【천검】을 드높이 들었다.

기세를 타고 추격해오는 적의 콧대를 꺾어버린다, 라는 작전 목적은 간신히 달성했다. 다음은 경양으로 가기만 하면 된다.

무릎을 굽히고, 나는 세우르의 눈을 감겼다.

……무시무시한 웅적이었다.

정파와 병사들이, 우리들의 애마를 데리고 오는 게 보였다.

나는 백령과 깊게 고개를 끄덕이고, 언덕 위의 유리에게 손을 흔들었다.

"전력으로 후퇴한다! 도하는 명령의 나룻배를 의지한다!! 배가 없으면, 헤엄쳐야지."

"……재수 없는 소리를 하지 말아 주세요. 그때는 나를 업고 가세요."

종장

"도련님! 백령 아가씨! ……참으로, 무사히 돌아오셔서………."

『망랑협』을 통과한 다음—— 대하의 지류. 서동의 동단.

경양으로 귀환하기 위한 마지막이자 최대의 난관에서, 우리를 군과 함께 기다리고 있던 것은 백발백염의 노장—— 례엄이었다. 누가 보든 말든 눈물을 뚝뚝 흘리면서 울고 있었다.

"할아범, 적지에서 울지 마. 일단 나도 백령도 살아있다."

"례엄, 지원 고마워요. 하지만…… 이건 대체? 조하, 잠깐 떨어져 봐요."

자기 전속 시녀에게 끌어안긴 백령이 후방을 돌아보며, 신기하다는 기색으로 질문했다.

——그곳에는 있을 리 없는 『다리』가 셋.

모두 토대에 나룻배를 써서, 판자를 위에 두었다.

나와 백령이 마지막으로 강을 건넜는데, 강도에 불안은 없었다. 날씨가 좋기도 해서, 병사와 말들도 무사히 건널 수 있었다.

솔직히 여기서 시간을 잡아먹어, 최악의 경우는 지체 전투도 각오하고 있었는데…….

례엄이 백염을 매만졌다.

"아아, 이것은 말이옵니다."

"물론! 제가 준비했습니다!!"

"'!'"

갑자기, 이 자리에 있을 리 없는 소녀의 목소리가 귓가에 울렸다.

가까운 바위에 앉아 있는 유리가 「……우와」하고 중얼거렸다.

주황색 모자 아래로 보이는 밤색 머리칼을 흔들면서, 어린아이 같은 몸집의 소녀── 왕명령이 성큼성큼 내 앞으로 걸어와 사나운 웃음을 지으며 발돋움을 했다.

"후후훗…… 이런 일도 있을까 하여! 척영 님이 전에 이야기하신 나룻배의 가교를 걸어두었답니다!! 자, 『굉장해! 멋지다! 적지에까지 와주다니, 명령, 너는 내 색시에 걸맞다!』라고 끌어안으며 말씀해 주세요!!!"

"……색시로 삼을 예정은 없다만."

이 녀석, 내가 차 마시며 한 이야기를 또 실현한 건가?

전에 그 외륜선도 그렇고…… 왕명령은 터무니없다.

나는 가까운 곳에 대기하고 있는 흑발미인 시즈카 씨에게 눈인사를 하고,

"진심으로 감사한다. 『화창』과 『화약』도 살았어. 너는 우리들에게 생명의 은인이야."

볼을 가볍게 만졌다.

그러자, 명령이 눈을 깜박이고, 행복한 기색으로 표정을 풀더니 몸을 좌우로 흔들기 시작했다.

"──에헤, 에헤헤~♪ 척영 니임☆"

"우옷!"

"음……."

지근거리에서 끌어안자, 피하지도 못하고 받아냈다.

그러나 당연히 나는 전투로 먼지투성이에다 자신의 땀과 피로 지저분한 상태라…….

"어, 야, 지저분하거든?"

"요만큼도 신경 안 써요~. ……무사하셔서 정말 다행이에요. 어서 오세요."

밝게 대답하고, 가슴에 얼굴을 묻은 명령이 기도하듯 눈을 감았다.

가교의 진두지휘를 하고 있었으리라. 머리칼에 이파리와 가지가 묻어 있었다.

전장에 없어도 함께 싸워준 것이다.

소녀의 머리칼을 더럽히지 않도록 이파리와 가지를 집어주는데, 가녀린 손이 옆에서 뻗었다.

"자, 그만 하세요."

"오?"

"우우!"

명령을 나에게서 떼어내고, 조하의 구속을 탈출한 백령이 이동시켰다.

그리고 밤색 머리칼의 소녀를 지면에 내려두고 고개를 숙였다.

"명령, 나도 감사를 하고 싶어요. 당신 덕분에 헤엄치지 않을 수 있었어요. ……척영의 등에 업혀서 건너는 것도 계획하고 있었으니까요."

감사, 맞지?

조하는── 글렀군. 시즈카 씨가 달래고 있어서 도움이 안 된다.

금발 소녀 군사님은 모르쇠란 태세로, 방금 가져온 신선한 복숭아를 깨물고 있었다.

왕명령이 미소를 지으며, 발돋움을 하여 은발 미소녀와 눈길을 마주쳤다.

"백령 씨도 무사해서 다행입니다. 그~러~나! 『척영의 등』이라는 말은 좌시할 수 없어요! 상세한 설명을 요구합니다!! 어차~피, 격전 틈틈이, 기회를 틈타 척영 님에게 어리광을 부렸죠?!"

"……억측이군요. 뭘 근거로."

백령은 담담한 어조로 되물었지만, 눈빛이 흔들린다. 오, 오해를 사는 반응이잖아!

"그렇다고…… 하는데요? 유리, 가까이서 본 당신의 견해는 어떤가요?"

팔짱을 끼고, 명령이 힐문하는 어조로 선낭을 끌어들였다.

복숭아를 다 먹은 유리는 귀찮은 기색이면서도 바위에서 내려와, 두 사람에게 다가갔다.

"밤에는 나랑 같이 잤거든? 아침은 바쁘게 일어나서, 신이 나서 매일 둘이서 단련을 하며 이야기를 한 모양이지만. 그 뒤 낮에는── 기본적으로 계속 척영 곁에 있었네. 전장에서도 그랬고."

"유, 유리 씨?!"

"유, 유리?!"

백령과 나는 전우의 배신에 당황해 버렸다.

양손을 마주 대고 명령이 사악한 표정을 지었다.

"……백령 씨, 뭔가 할 말이 있나요오? 저는 아~주 관대하니까, 들어줄 수도 있답니다아~★"

신경질적으로 은발을 손을 떨치고, 소꿉친구 소녀가 볼을 조금 부풀렸다.

"……당신에게 이래저래 말을 들을 이유는 없어요. 저와 척영의 이야기니까요."

"키~익! 뭔가요?! 그『우리들은 서로 신뢰하고 있어요』같은 말투. 분명히, 유리도 내심 괘씸하다고 생각하는 게 틀림없어요! 그렇죠?!"

"유리 씨는 제 편입니다. 이번 전쟁에서 친해졌어요. 그렇죠?"

명령과 백령이 거의 동시에, 파란 모자의 소녀에게 물었다.

질색하면서 오른쪽 눈을 가늘게 뜨고, 나를 보았다.

"……있지."

"군사 나리, 뒷일은 맡긴다."

"자, 잠깐?!"

유리의 항의를 등으로 들으면서, 나는 기슭에 서 있는 례엄에게 다가갔다.

패잔병을 흡수하여, 원정 개시 때보다 병사 수 자체는 늘었다. 희망자는 고향에 돌려보내 줘야지.

죽음의 전장을 살아남은 정파가 나를 발견하고, 멋들어지게 경례를 하더니 물러났다.

나는 눈앞의 온화하게 흐르는 강을 바라보며, 조용히 명했다.

"할아범, 가교는 곧장 치워버려. 놈들이 쓰면 큰일이니까."

"예. 그럴 셈으로 준비하고 있습니다."

과연 의부님의 부장이다. 검의 자루에 손을 두고 확인했다.

"전황에 대해서는 얼마나 전해졌지?"

"대략적으로는—— 금군, 우가군은 주장을 잃고 괴멸. 서비응 님이 이끄는 잔여 병력도 후퇴 중에 추격을 받아 교전. 도주하며, 큰 타격을 받은 모양입니다. 비응 님은 간신히 도주하신 것 같습니다만, 군으로서 재건하려면 시간이 걸리겠지요."

그렇군…… 남방으로 간 서가군은 따라 잡혀 버렸구나.

아버지를 잃고서도, 필사적으로 나아가려 한 청년을 생각했다.

아마도, 그저 도망치기만 하는 걸 좋게 생각하지 않았을 거다.

왼손으로 이마를 누르고, 눈을 감았다.

"……비응한테 동쪽으로 철수하라고 하면서 헤어질 때, 『전투는 피해라』라고 충고를 했는데 말이야. 우리도 『회랑』이랑 교전해서, 저기 있는 유리의 계략으로 쳤어. 앞으로는 우리의 군사로 대우한다."

례엄은 새하얀 눈썹을 끌어올리며 경악했다. 가장 최근 정보는 전달이 안 됐었군.

"어허…… 『사랑』 중 하나를 또다시."

"운이 좋았을 뿐이야. 그리고……."

"척영 님?"

돌풍이 불어 수면을 격렬하게 흔들었다.

——검은 대검의 요사스러운 빛이 뇌리에 떠올랐다.

『회랑』을 쳤다고 해도, 그 남자가 뒤를 이을지도 모른다.

나는 망상을 떨쳐내고, 손을 뗐다.

"아무것도 아냐. 『백봉성』으로 전령을 보내줘. 의부님과 앞으로의 방어 태세에 대해 이야기를 하고 싶다. 가능한 빨리."

"물론 상관없습니다만…… 도련님께선 앞으로의 전국이 그토록 악화할 거라 생각하십니까?"

"……그래."

어쩔 수 없이 목소리가 차가워져 버린다.

나는 자신을 진정시키기 위해, 어깨너머로 백령을 보았다.

"그러니까아, 유리는 내 여동생 같은 애라니까요!"

"아뇨, 유리 씨는 내 여동생입니다. 당신에게는 안 줘요."

"……나는, 당신들 여동생이 아닌데……?"

백령과 명령에게 끼어 있는 유리가 난처해하면서도, 주위에 하얀 꽃이 흩날렸다.

지켜보는 시즈카 씨와 조하, 병사들까지 표정을 풀고, 훗, 내 마음도 가벼워졌다.

노장에게 전황에 대한 견해를 고했다.

"우리는 이번 전쟁에서 유리라는 얻기 어려운 선낭을 얻었어. 백령도, 정파나 병사들도 성장했어. 그러나 잃은 자들이 너무나도…… 너무나도 많다. 아다이도 그걸 알고 있을 거야. 놈이 호기를 놓칠 거란 생각은 도저히 안 들어. 【봉황】의 날개는 부러지고, 【범】의 송곳니도 부서졌다. ……이제 이 나라를 지킬 수 있는 건

【장호국】과 임경의 노재상 각하밖에 없어."

＊

현 제국 수도 『연경』.

황궁 가장 안쪽에 위치한 안뜰에서, 기센 공과 함께 서동에서 돌아온 나── 하쇼는 무릎을 짚고서 전황을 보고하고 있었다.

볼에 식은땀이 흘러 땅을 적시고, 몸의 떨림은 전혀 멎지 않는다.

이것은 순수한 공포에 의한 것.

나는 눈앞에 앉아 있는 소녀 같은 인물을…… 인정하기 어렵지만 두려워한다.

"……이상이 이번 전쟁의 전과이옵니다, 아다이 황제 폐하."

어린 시절부터, 자신의 영리함을 깨닫고 있었다.

『천호』의 우두머리가 내 재능을 발견하여, 현 나라의 군사로 천거를 받은 것은 당연한 일이다.

살아있는 자 중에 나와 비견될 자는, 딱 한 번 실수를 한 이름 모를 소녀 말고는 없다.

설령, 황제 폐하라 해도, 군략이라면 이길 수 있다── 그리 내심 자부하고 있었다.

……아아, 그랬는데.

입술을 깨물고, 더욱 고개를 숙였다.

"『회랑』의 죽음에 대해서는, 본인과 부장 기센의 책임이 아니옵니다. 그것은 진두지휘를 게을리 한 저에게……."

난양에 닿은 흉보를 들었을 때, 나는 믿을 수가 없었다.

『세우르 바토 장군—— 장척영, 장백령에게 패해, 전사!』

『적랑』에 이어서, 현 나라가 자랑하는 『사랑』이 장씨 가문의 애송이와 계집에게 패하다니.

폐하께서 일어서셨다. 몸의 떨림이 잦아들지 않는다.

긴 백발이 시야를 스치고, 시원스러운 목소리가 내렸다.

"이번 전역에서 내 군은 너의 헌책으로 소문이 자자한 【영】의 삼장—— 장태람, 서수봉, 우상호 중에서, 후자 두 명을 치고."

"윽!"

필사적으로 신음이 흐르려는 것을 참았다.

——폐하께서 내 어깨에 작은, 그러나 묵직한 손을 올리신 것이다.

"10만여의 적병을 괴멸시켜, 서동 백성의 마음까지 우리들에게 기울였다. 그러한 자를 어찌 처벌할 수 있겠느냐? 나는 우자가 될 생각은 없구나. 하쇼."

"예, 예. 송구하옵니다. 관대한 말씀, 황송하기 짝이 없습니다!"

술술 말은 나오지만, 마음속에 폭풍이 휘몰아쳤다.

『회랑』은 적의 책략에 빠져 전사했다.

장씨 가문에 나를 간파한 자가, 군사가 있는 것이다.

절대 용서 못 한다. 이 치욕, 반드시 갚아주마.

내가 엎드린 채 결의를 굳히고 있을 때, 폐하께서 입을 여셨다.

"기센, 장씨 가문의 어린 범들은 어떠했느냐?"

"딸은 내 적수가 되지 못했습니다. 그러나, 의문의 흑검을 휘두르는 아들은…….."

용사가 고개를 들었다.

"그 위협── 장태람에 필적할까 하옵니다."

"……그렇군."

"…………."

장척영. 기센 공을 물리치고, 세우르 공을 친 자. ……대체 정체가 무엇인가?

폐하께서 서적을 닫으셨다.

"잘 해주었다. 당장의 포상 대신이다. 이후──『흑랑』의 칭호를 쓰거라."

"……황송하오나."

"! 기센 공."

황급히 나는 우리 군 제일의 용사를 막으려 했다.

폐하께서 아무리 관대하다 하셔도 그 말씀을 거절하면, 최악의 경우 사형을 당할 수 있다.

작고 하얀 손이 올라갔다.

"반론은 용납하지 않겠다. 머지않아 우리는 남정을 재개한다.

『사랑』이 불과 두 마리여서는 쓸쓸하지 않으냐? 네가 세우르의 죽음에 회한을 느낀다면—— 전공으로 풀거라. 알겠지?"

"……예."

"가, 감사하옵니다."

기센 공과 함께 고개를 숙이고, 나는 주먹을 쥐었다.

이번에 받은 치욕도, 전우들을 잃은 통증도 절대 잊지 않는다.

장척영과 장백령, 그리고 적 군사도 반드시! 내가 토벌을 하고 말리라.

아다이 황제 폐하께서 위엄 있게 선고하셨다.

"다음 일전이야말로—— 천하통일을 이루는 결전이 될 것이야. 병마를 키우고 재전을 준비하라. 하쇼, 기센, 수고했다. 물러가도 좋다. 서동으로 돌아가기 전에 전장의 피로를 치유하거라."

＊

미숙한 군사와 과묵한 용사를 물린 다음 나—— 현 제국 황제 아다이 다다는 의자에 앉아 독백했다.

"또다시, 장척영과 장백령의 짓이더냐? 게다가, 결전의 장소가 『망랑협』이라…… 세우르는 명장이 될 자질이 있었다. 유감이야."

『적랑』구엔 규이.

『회랑』세우르 바토.

둘 다 얻기 어려운 충신이었으며, 용장과 양장이었다.

물론──『황불패』에 비할 바는 못 된다만, 그것은 어쩔 수 없는 일.

모든 사서를 읽어봤기에 단언할 수 있다.

전생의 내 벗을 넘어서는 장수는 지난 천 년간, 단 한 명도 태어나지 않았다.

기센의 무위도 전성기의 영봉과 상대하면 빛이 바랜다.

……지금 이 자리에 녀석이 있어 주었다면, 진작 예전에 천하 통일을 이루었을 것이다. 세상은 뜻대로 되지 않는군.

내가 이렇게 생을 얻었으니, 놈 또한 다시 태어났어도 좋았을 것을.

어찌할 수 없는 생각을 하고, 나는 꽃병에 장식한 『노도』의 꽃을 매만졌다.

조용한 질문을 발했다.

"그래서? 귀공은 장씨 가문의 어린 범들이 차고 있는 흑과 백의 검이야말로, 내가 찾고 있는【천검】이라고, 그리 말하는 것인가?"

"확증은 아직 없다. ……그러나, 상황이 그것을 가리키고,【그분】도 마찬가지 견해를 가졌다."

시야 끄트머리에 여우 가면의 인물이 나타났다. 자그마한 몸에 외투를 걸치고 있었다.

『천호』라는, 어둠 속에 숨은 밀정 조직의 자다.

……이 자뿐 아니라,【서동】을 뒤에서 지배하는 선술에 빠진 요

녀까지도.

밀정이 금속 조각을 탁상에 던졌다. 대검의 조각이군.

"【흑인】과 【회랑】의 대검은 천하에 이름 높은 명품이었다. 전자는 너덜너덜해졌고…… 후자에 이르러선 양단됐다. 좀처럼 믿기 어렵다."

"…………."

생전의 영봉은 【천검】으로, 사람은 도저히 벨 수 없는 『노도』의 거암을 베었다.

나는 날카로운 금속 조각을 손에 집어, 조용히 견해를 전했다.

"그자들이 정말로 【천검】을 가지고 있다고, 쉽사리 믿을 수는 없다. 설령, 장척영이 검은 검을 휘둘렀다고 해도. 그러나──『늑대』를 잇달아 친 것은 틀림없는 사실. 장태람의 아들과 딸이라면 더욱이 경계를 해야 할 것이야."

펼쳐놓은 전역도에 금속 조각을 찔러 세웠다.

그곳에 적힌 이름은──『서비웅』.

"따라서 가여운 【봉익】이 남긴 자식을 이용해, 포석을 두도록 하지. 이번 침공에 참가한 어리석은 부재상과 『쥐』 또한 **계획대로** 살아남았다. 잘 풀린다면──."

먹구름이 태양을 가리고, 뇌명이 울렸다.

"임경에 있는 성가신 노인을 이 기회에 치울 수 있으리라."

【봉황】의 날개는 꺾이고, 【범】의 송곳니도 부서졌다.

남은 적은 장태람.

그리고── 노재상, 양문상뿐이다. 밀정이 몸을 돌렸다.

"……무시무시한 사내다. 너에게 천하를 맡긴 『황영봉』의 마음을 알 수가 없군. 다음에 만날 때는 봄이겠지. 만약, 하쇼의 재능이 부족할 경우는."

나는 천천히 고개를 저었다. 턱을 괴고, 쓴웃음을 지었다.

"그럴 것 없다. 그 『군략이라면 세상 누구에게도 지지 않는다!』라는, 치기가 우스워. 모두, 전생의 나를 흉내 내고 있으면서 말이다. 세우르의 죽음을 경험하여, 다소 성장하기도 할 것이 아닌가?"

"…………역시, 무시무시한 사내다."

여우 가면은 안뜰로 걸어가, 이윽고 보이지 않게 되었다.

전역도에 박힌 금속 조각을 바라보았다.

전생의 나조차도, 차고 있기만 했지 제대로【천검】을 뽑을 수 없었다.

그 쌍검은 주인을── 진정한 영걸을 가린다.

있을 수 없는 이야기지만, 진짜라고 한다면.

내가 아는 묘에 안치되어 있지 않았던 것을 떠올리고, 마음속에 증오가 꿈틀거렸다.

"……뽑힐 리 없는【흑성】과【백성】을 전장에서 휘두르는 자들, 이라……."

내 독백에 하늘이 또다시 뇌명으로 대답했다.

먹구름은 걷히지 않고, 북천의【쌍성】또한 보이지 않았다.

쌍성의 천검사

성

천검사

HEAVENLY SWORD OF
TWIN STARS

후기

3개월 만에 인사입니다. 나나노 리쿠입니다.

위험했다. 정말로 위험했다. 어떻게 시간에 맞췄습니다.

입고일의 아침 해가 상당히 흉악했어요······. 모래가 되는 감각을 떠올렸습니다.

마음을 가다듬고, 내용에 대해서!

네, 군사짱입니다.

사실에서 『군사』라는 지위는 생각보다? 일찍 자취를 감추고 있습니다.

오늘날의 일반적인 이미지를 만들어낸 것은 수호전이나 삼국지 연의.

『군사 = 초자연적 기술을 이용한다』는, 주 나라의 태공망, 전한의 장량, 명 나라 유기의 활약이 너무나도 화려하고(다른 영웅들의 활약도 어우러져서), 전승되는 사이에 변용된 것이 아닐까? 라고 생각합니다.

그래서, 2권에서는 적과 아군에 군사 캐릭터를 출현시키는 것이 처음부터 정해져 있었습니다.

──마술이나 요술은 못 쓰지만요.

유리의 힘은 전장에서 전혀 무가치한 것.

반면, 척영 일행이 보기에는, 그녀의 재능은 권수를 거듭할수록 듬직해질 겁니다.

백령과 명령이 귀여워하면서, 척영에게도 의지를 받게 될 유리
에게 기대해 주세요.

선전입니다!

『공녀 전하의 가정교사』 최신 14권, 곧 발매 예정입니다.

……이걸 쓰고 있는 시점에서는 작업 중입니다만.

커, 커피를 마시면서 힘낼게요.

신세를 진 분들께 감사를.

담당 편집자님, 이번 권도 수고하셨습니다, 또 폐를 끼쳤습니다.

cura 선생님, 유리, 완벽했습니다! 머리칼과 눈동자 색 등등,
망설였습니다만…… 이 색으로 하길 정말 다행이야!

여기까지 읽어주신 모든 독자님에게 한껏 감사를.

또 만나기를 기대하고 있습니다. 다음 권, 『혈전. 그 끝에서』.

나나노 리쿠

SOSEI NO TENKENTSUKAI Vol.2
©Riku Nanano, cura 2023
First published in Japan in 2023 by KADOKAWA CORPORATION, Tokyo.
Korean translation rights arranged with KADOKAWA CORPORATION, Tokyo.

쌍성의 천검사 2

2023년 12월 15일 1판 1쇄 발행

저　　　자	나나노 리쿠
일 러 스 트	cura
옮 긴 이	박경용
발 행 인	유재옥
이　　　사	조병권
출판본부장	박광운
담 당 편 집	정영길
편 집 1 팀	박광운
편 집 2 팀	정영길 조찬희 박치우 정지원
편 집 3 팀	오준영 이해빈 이소의
디자인랩팀	김보라 박민솔
디지털사업팀	박상섭 김지연 윤희진
라이츠사업팀	김정미 맹미영 이윤서
영업마케팅팀	최원석 박수진 박소연
물 류 팀	허석용 백철기
경영지원팀	최정연
인쇄제작처	㈜코리아피엔피
발 행 처	㈜소미미디어
등　　　록	제2015-000008호
주　　　소	서울시 마포구 토정로222, 403호 (신수동, 한국출판콘텐츠센터)
판매 및 마케팅	(070) 8822-2301

ISBN 979-11-384-2358-8 (04830)
ISBN 979-11-384-2032-7